다 多
독 讀
이
는

　　밤

다독(多讀)이는 밤

달빛 사이로 건네는 위로의 문장들

—

2021년 4월 15일 1판 1쇄 인쇄
2021년 4월 26일 1판 1쇄 발행

—

지은이 강가희
펴낸이 이상훈
펴낸곳 책밥
주소 03986 서울시 마포구 동교로23길 116 3층
전화 번호 02-582-6707
팩스 번호 02-335-6702
홈페이지 www.bookisbab.co.kr
등록 2007.1.31. 제313-2007-126호

—

기획·진행 권경자
디자인 디자인허브

—

ISBN 979-11-90641-42-5 (03810)
정가 15,000원

ⓒ 강가희, 2021

책밥은 (주)오렌지페이퍼의 출판 브랜드입니다.

달빛 사이로
건네는
위로의 문장들

다독이는 多讀

밤

강가희 지음

책밥

———

외로움과 외로움이
만나면

사랑이 된다.

가끔 "왜 책을 읽어요?"라는 질문을 받을 때가 있다. 그에 대한 나의 대답은 한결같았다. '위로!' 책을 읽어야 하는 이유는 무수히 많지만 단 하나의 단어로 정의한다면 '위로'가 유일무이했다.

한 사람이 살아가는 데 있어서 의식주만큼 절실히 필요한 것은 '위로'다. 삶은 평범한 일상의 연속인 것 같지만, 빈틈을 파고드는 돌발 상황은 매번 소리 없이 다가왔다. 온전히 내 뜻대로 이루어지는 것이 거의 없었다. 잡힐 듯 말듯 잘 잡히지 않았다. 자신 있게 치고 나가고 싶었지만 치일 때가 더 많았다. 일에 치이고 사랑에 치이고 사람에 치이고 무엇보다 나 자신에게마저 치일 때 책을 펼쳤다.

다정한 글자들은 너만 절망에 빠진 것이 아니라고, 너만 힘겨운 것이 아니라고, 너만 바닥을 걷는 것이 아니라고, 공감을 통한 위무(慰撫)를 건넸다.

세상만사 다 꼴 보기 싫어서 아무도 만나고 싶지 않았던 그 날엔, "제발 나를 좀 그냥 놔두시오!"(《좀머 씨 이야기》, 파트리크 쥐스킨트 지음, 유혜자 옮김, 열린책들, 2020) 좀머 씨가 대신 말해주었고, 마음이 서글퍼 목놓아 울었던 그 밤, 책 속의 연륜 깊은 할아버지는 "죽고 싶을 만큼 힘든 일이 일어나기도 할 텐데, 그럼에도 너라는 종(種)은 백팔십 번 웃은 뒤에야 한 번 울 수 있도록 만들어졌다"(《네가 누구든 얼마나 외롭든》, 김연수 지음, 문학동네, 2007)며 눈물을 닦아주었다. 출구가 보이지 않는 어둠의 수렁에 빠졌을 때도 하나의 밑줄이 나를 밝혔다. "어쨌거나 뭔가 하긴 해야지. 일단 이것부터 해보는 거야. 만약 그래도 안 된다면 다른 방법을 찾아야지. 그게 인생이야."(《대성당》 수록 단편 〈신경 써서〉, 레이먼드 카버 지음, 김연수 옮김, 문학동네, 2014)

책을 읽는 과정은 삶의 은유를 찾아가는 일이기도 했다. 읽고, 느끼고, 살아가는 과정들이 메타포가 되어 시시한 삶도 한 편의 시가 될 수 있음을 노래했다.

처음에는 책에 관해 쓰려 했는데 쓰고 보니 글로부터 위로 받은 내 인생을 썼다. 잠 못 이루는 밤, 나를 다독여준 글들의 엮음이 오늘도 고단한 하루를 마쳤을 당신의 마음에 가닿기를 바란다. 지친 마음과 문장의 온기가 마주 닿아 춥고 쓸쓸한 인생을 덮어주는 이불이 되어주리라 믿는다. 외로움과 외로움이 만나면 사랑이 되니까.

2020년 여름과 가을 사이에
강가희 Dream

위로가 깨운 눈부신 아침

안 부 를 묻 는

해 질 녘

당신의 생각은
옳았다

《이방인 L'Etranger》
알베르 카뮈 Albert Camus

어렸을 때부터 '이방인'이란 단어를 좋아했다. 입 밖으로 발화했을 때 그 어감이 주는 이국적인 느낌, 진짜 내가 다른 나라에서 온 사람인 것 같은 생경한 기분이 묘하게 마음에 들었다. 그런 기질 탓에 부단히 여행을 다녔던 것도 같다. 외국에서 이방인으로 며칠을 보내다 훌쩍 또 다른 나라로 가버리는 방랑자의 시간은 자유 그 자체였다. 그 무엇에도 예속되지 않는 삶, 그물에 걸리지 않는 사자처럼 정처 없이 떠다니는 이방인의 삶을 자주 꿈꿨다.

그러나 막상 진짜 이방인이 되어 보니 이것은 무척 슬픈 일이었다. 생김새가 다른 사람들 사이에 껴 있을 때 느끼는 소외감, 그들의 언어를 나만 이해할 수 없다는 답답함은 한동안 괴로움에 머물게 했다. 다른 사고방식을 가진 세상에서 발을 딛고 살아가는 것은 상상했던 것만큼 낭만적이지 않았다. 자유와 고립의 경계 끄트머리에서 자주 흔들렸다. 나는 이곳에서 이방인이자, 외계인(Alien, 에일리언)이었다.

되짚어 보면 외국에 살지 않아도, 같은 언어를 쓰고 비슷한 생김새를 가진 사람들과 부대끼며 살 때도 마찬가지로 이방인의 결이 만져질 때가 있었다. 한때 "모두가 아니라고 할 때, 네~"라고 대답하라는 광고가 선풍적인 인기를 끈 적이 있다. 흥행 요인 중 하나는 현실에서 그렇게 대답하지 못하는 수많은 이들에게 카타르시스를 줬기 때문이라고 생각한다. 상사가 옳다고 하는 것은 내 의견과 달라도 좋은 것이었다. 돈이 얽혀 있으면 더더욱 고개를 숙여야 했다.

사회생활을 할 때는 취향도 숨겨야 했다. 가령 나는 올림픽을 좋아하지 않았다. 스포츠 경기에 별로 관심이 없었고, 우리나라가 잘한다고 해서 애국심이 끓어오르며 기쁘지도 않았다. 지극히 개인적인 취향일 뿐이지만, "올림픽이 싫어!"라고 말했다가 괜히 이상한 사람으로 취급받을까 봐 같이 흥겨운 척을 하며, 응원에 가담했다. 남들은 다 재밌는데 나만 웃을 수 없을 때, 다수가 정답이라고 하지만 내 견해로는 틀린 것 같을 때, 전혀 공감되지 않아도 그렇다고 거짓말을 해야 할 때, 나는 이방인이었다. 때때로 어쩌면 자주 이방인의 탈을 썼다가 벗기를 반복하는 것이 사회생활의 공식이었다. 오롯이 나로 살아가기란 왜 이리도 힘든 것일까?

*

이방인은 이해받기 어렵다. 소설 《이방인》 속 주인공 뫼르소도 그랬다. "오늘 엄마가 죽었다. 아니 어쩌면 어제. 모르겠다." 알베르 카뮈의 《이방인》은 시작부터가 도발적이다. 어머니 사망일이 언제인지 모른다니 누구라도 분개할 불효자식이다. 분명 슬퍼해야 할 상황이지만 그의 눈망울에서는 울먹임조차 찾아볼 수가 없다. 장례식이 끝나자 드디어 실컷 잘 수 있겠다며 기뻐한다. 다음날엔 여자친구 마리를 만나 희극 영화를 봤고 사랑의 유희까지 즐긴 뫼르소는 보통의 상식으로는 이해하기 힘든 남자다. 이런 사람이 남자친구라면 꽤나 마음고생을 할 것 같다. 마리가 나를 사랑하느냐고 물었을 때도 "그것은 아무 의미가 없으며 널 사랑하는 것 같지는 않아"라고 답해 고구마 백만 상자를 선물하는가 하면, 파리 출장소에서 일하는 것이 어떻겠냐는 사장의 새로운 제안에도 이러나저러나 마찬가지라며 시큰둥한 반응을 보인다.

뫼르소는 야심도 욕심도 없는 무색무취의 남자였다. 만사에 심드렁했다. 의욕이라고는 찾아볼 수 없는 그의 시간은 살바도르 달리의 그림에 등장하는 축 늘어진 시계와 같았다. 뫼르소는 시계가 빠르게 돌아가든 느리게 흘러가든 상관없었다. 그저 '자신의 시간' 속에서 충실히 살아갔다.

누가 봐도 착한 사람은 아니었지만 그렇다고 나쁜 사람도 아니었다. 마음이 하고 싶은 대로 살아가며 속에 없는 말을 절대 못할 뿐이다.

별일 없을 것 같은 단조로운 일상에 새로운 인물이 등장한다. 질이 나쁜 부류에 속하는 아파트 이웃 레몽. 그는 내연녀가 자신을 속인 것을 알게 되고 복수를 위해 뫼르소에게 대필 편지를 부탁한다. 이를 계기로 두 사람은 친해지고, 어느 날 뫼르소는 레몽, 마리와 함께 해변으로 여행을 떠난다. 하필 레몽의 옛 연인의 오빠와 친구들(아랍인 무리)이 그들을 쫓아오면서 다툼이 발생한다. 작은 해프닝으로 마무리되는가 싶었지만 뫼르소는 총을 들고 다시 그 자리로 돌아간다. 알 수 없는 분위기와 강렬한 태양에 이끌려 뫼르소는 살인을 저지른다. 그것은 "불행의 문을 두드리는 네 번의 짧은 노크 소리와도 같은 것이었다."

왜 레몽이 아닌 뫼르소가 총을 쐈을까? 특별한 살인 동기는 없었다. 자신과 전혀 관계 없는 사람들이었다. 단지 태양이 너무 눈부셨기 때문이란다. 태양이 무엇이기에 사람까지 죽였어야 했을까. '살인(meurtre)'과 '태양(soleil)'의 합성어에서 탄생한 '뫼르소(meurso)'라는 이름에서 유추해볼 수 있듯이 소설에서 살인과 태양은 중요한 키워드로 등장한다. 어머니 장례식에서도, 살인 현장에서도 태양은 빛났다. 그날 아침 뫼르소는 "뜨거운 햇볕에 따귀라도 맞은 느낌"을 받았다. 대부분의 사건이 건조한 문체로 이어지는 가운데 살인 장면에서만큼은 태양의 폭력성을 시사하는 다양한 비유들이 등장한다. 《이방인》을 옮긴 김화영 교수는 사건의 중심에 공격적인 태양이 있다고 설명한다.

알베르 카뮈는 유독 태양을 사랑했고, 작품 속에 상징적인 존재로 등장시켰다. 《이방인》뿐만 아니라 자신의 초기작 《안과 겉》을 통해서도 찬란한 햇빛 덕분에 가난한 환경 속에서 원한이라는 감정을 품지 않게 되었다고 고백한다. 가진 것 없는 작가 지망생에게 "장애는 차라리 편견과 어리석음 속에 있었다."(《안과 겉》, 알베르 카뮈 지음, 김화영 옮김, 책세상, 2000)

뫼르소에게도 태양은 존재 이유였고, 세상의 편견은 장애물이었다.

그는 모든 것을 환하게 비추는 태양 아래 거짓말을 하지 않았다. 감형을 위해 스스로를 변호할 수도 있었지만 무엇도 언급하지 않았다. 고정관념으로 가득 찬 배심원들은 살인 자체보다 뫼르소가 홀로 된 노모를 모시지 않은 점, 장례식에서 울지 않은 점, 다음 날 여자를 만난 점 등에 더 분노한다. 그들은 태양을 피해 색안경을 썼다. 보통의 기준에서 벗어났다는 이유로 뫼르소를 잠재적 살인마로 규정해버린다. 공동체의 폭력은 얼마든지 한 개인을 밀어내버릴 수 있었다. 편협한 집단에 어울리지 못하는 자는 이방인이 된다. 《이방인》에 대한 편지에서 알베르 카뮈가 말했듯, 대부분의 '사람들은 사회에 적응하기 위해 거짓말'을 하지만 뫼르소는 그러지 않았다. 착한 거짓말을 원했던 사람들은 솔직한 뫼르소를 사이코로 몰아갔다. 분명 재판은 이상하게 흘러가고 있었으나 누구도 제동을 걸지 않았다. 당사자인 뫼르소조차 함구했다.

재판에서 유일하게 그를 흔든 것은 배심원의 비난이 아닌 변호사의 변론이었다. "제가 사람을 죽인 것은 사실"이라며 담당 변호사가 마치 뫼르소 자신이 되어 1인칭 시점으로 말할 때, 처음으로 이상한 기분을 느낀다. 다른 사람이 '나'인 척 말하는 것, 누군가가 나를 대체할 수 있다는 것, 나아가 내가 사라질 수도 있다는 것에 크게 동요한다. 뫼르소에게 있어서 '나'로 산다는 것은 '목숨'보다 중요했다.

자신의 존재가 존귀했던 뫼르소는 '실존주의'를 표방한다. 실존주의에서 인간은 태어난 목적보다 '존재'가 우선이다. 예를 들어 의자, 텔레비전, 창문과 같은 사물들은 용도가 있다. 앉기 위해서, 재미를 위해서, 비바람으로부터 보호하기 위해서 만들어졌지만 인간은 쓸모가 아닌 그 자체로 의미가 있다. 뫼르소는 나 자체가 소중했다. 믿는 것은 자신뿐이었고, 바라는 것이 있다면 진실된 나로 죽는 것이었다. 사형 선고를 받은 뫼르소의 심적 안정을 위해 사제가 찾아오지만 그는 신마저 부정했다. 어떤 위로도 필요하지 않았다. 철저하게 세상에 무관심했던 남자는 사형집행일을 목전에 두고서, 세상도 자신의 죽음에 무관심하다는 것을 깨닫는다. 그제야 "세계의 정다운 무관심에 마음을 열었다." 나와 완벽하게 닮은 세계를 껴안고 충만함을 느끼며 죽음을 맞이한다. 눈물 한 방울 흘리지 않았다. 타인의 강요가 아닌 나의 감정에 충실했던 삶, 그것으로 충분했다.

끝까지 '나'를 위해 살았던 뫼르소를 보며 '과연 나는 얼마나 내 감정에 귀 기울였을까?' 자문했다. 우리는 사회라는 공간에서 책임과 규칙에 둘러싸여 산다. 암묵적으로 성실해야 하고 착해야 하고 맡은 바 책임을 다해야 함을 짊어지고 산다. 주어진 역할을 수행하면서 동시에 자유롭기란 쉽지 않다. 나는 뫼르소와 같은 이방인을 갈망하면서도 이방인이 되는 것이 두려웠다. 그래서 무의식이라 부르는 마음의 사각지대를 애써 외면했다. 정확히 무엇을 싫어하는지, 어떤 일에 예민하게 반응하는지, 진짜 원하는 방향이 어디인지 굳이 알려고 하지 않았다.

타인에게 비쳐지는 나, 세상이 좋아하는 나를 위해 대부분의 시간을 할애했다. 사회가 원하는 방향으로 직진만 하느라 모퉁이에 웅크리고 앉아있는 나, 이방인을 보살피지 못했다. 뒤돌아봤더니 사방에 내가 있었다. 고지식함 속에 유연한 열정이 있었고, 소심함 뒤에는 대담함이, 눈치 이면에는 내 가치를 입증하고 싶은 욕구가 자리하고 있었다. 카뮈는 누구보다 내가 중요하다고, 내가 나를 사랑해야 한다고, 나는 나 자체로 인정받아야 한다고 말한다. 내게는 버려진 나를 일으켜 세워야 할 의무가 있었다. 내 마음을 책임질 사람은 나뿐이다.

"내 생각은 옳았고 지금도 옳고 또 언제나 옳다." 뫼르소의 독백은 알제리에서 온 이방인으로서 절박하게 글을 써 내려간 카뮈가 자신에게 하는 말이자, 사회의 기대와 내면의 욕구 사이에서 방황하는 이 세상 모두의 이방인에게 전하는 응원이다.

나에게는 확신이 있어,

　　　나 자신에 대한 확신,

모든 것에 대한 확신.

《이방인》, 알베르 카뮈 지음, 김화영 옮김,
민음사, 2011, 133쪽.

나를 긍정하는
첫 번째 건반 '도'

《도도한 생활》
김애란

초등학교 1학년 봄이었다. 피아노라는 사물이 덜컥 우리 집에 도착했다. 딸이 피아노 학원을 다니기 시작하자마자 아버지는 피아노를 샀다. 우리 집 거실 한쪽 벽면을 차지한 고풍스러운 갈색 무늬에 이름 모를 여신이 중앙에 그려진 피아노는, 이제 막 기지개를 편 햇살의 찬사를 받으며 한껏 눈부신 자태를 뽐냈다. 엄청나게 고고한 아우라는 우리 집이 부유층으로 상승한 듯한 착각을 불러일으켰다.

지금의 기준으로는 이해가 되지 않지만 과거 초등학교에서는 각 가정에서 소유하고 있는 물건들에 대한 조사를 했다. 텔레비전, 세탁기와 같은 생활필수품이 아닌 피아노처럼 단어만으로도 고급스러움을 물씬 풍기는 물건들은 우리 집이 조금은 여유가 있다고 으스댈 수 있는 '가진 자의 유희'와도 같은 것이었다.

그렇다고 집안 사정이 썩 풍요로웠던 것도 아니었다. 지극히 평범하다면 평범한 가정이었다. 다만 성악가를 꿈꿨지만 집안 형편상 음대에 진학하지 못한 아버지는 부단히 나에게 음악을 시키고 싶어 했다. 피아노는 아버지의 교육열과 상실한 꿈을 만족시켜준 결합체였다. 간혹 술을 드신 날이면 내게 반주를 요청해 슈베르트의 가곡 〈보리수〉를 부르곤 했다. 아련하게나마 그때 아버지의 목소리가 처연했다고 기억한다. 못다 한 꿈이 가진 음색은 겨울 나그네의 쓸쓸한 뒷모습을 닮았다.

부모님은 딸이 피아니스트가 되기를 바랐지만 나는 그만큼의 재능을 갖지 못했다. 물론 유년 시절의 장래희망은 피아니스트였지만, 이 길로 밥 벌어 먹고 살 수 있는 능력이 없다는 것을 깨달으면서 피아노는 꿈에서 취미로 개명되었다. 대학에 진학하면서부터는 꽤 긴 작별을 해야 했는데, 겨우 나 혼자 누울 수 있는 좁은 자취방에 피아노가 들어갈 공간은 만무했다. 가끔 고향 집에 내려갈 때면 손의 감각을 잃지 않기 위해 피아노를 쳤다.

그렇게 어언 10여 년이 지났을까. 비로소 피아노가 들어갈 만한 작은 아파트를(비록 전세이지만) 내 힘으로 마련했을 때, 피아노를 집에 들여놓았을 당시 아버지의 감정을 읽을 수 있었다. 오롯이 내가 일궈낸 이곳에 피아노가 자리할 수 있게 된 것은 팍팍한 서울살이가 꽤 펴졌다는 것을 상징했다. 방 두 개짜리 집이 아니라 피아노를 놓을 수 있는 집이란 사실에 흥분했다.

이사가 끝나자마자 건반을 하나하나 눌러봤다. 이내 리듬을 타고 〈캐논 변주곡〉을 쳐봤다. 매끄럽게 화음을 빚어내는 멜로디는 그동안 아등바등 이어온 인생이 헛되지 않았음을 노래했다. 내 삶이 낮은 '도'에서 '미' 정도까지는 올라간 것처럼 느껴졌다.

*

삶의 단계가 낮은 도에서 높은 도로 올라가는 궤적이라면, 작가 김애란은 피아노의 첫 건반, '도'에 '도도한'이라는 형용사를 절묘하게 붙여 '도도한 생활'이라는 이야기를 연주했다. 소설에는 만두가게를 운영하며 피아노를 구입한 가정이 등장한다. 엄마는 나를 피아노 교습소에 보내면서 중산층 교육을 꿈꾼다. 만두를 빚어 근근이 살아가는 형편이었지만, 딸에게 피아노를 사준 것은 보통의 기준을 따라가고 싶은(우리 아버지와 마찬가지로) 엄마의 욕망 때문이었다.

주인공은 낮은 '도'부터 배우기 시작해 어렵사리 높은 '도'까지 칠 수 있는 법을 배운다. 그 과정에서 가장 어려웠던 것은 도레미파솔 다음 '라'를 치는 것이었다. 삶은 더 이상 높은 음으로 올라가지 않았고, 오히려 파열음을 내면서 추락한다. 대학 입학을 앞둔 어느 날, 아버지의 대책 없는 보증으로 엄마의 만두가게는 무너졌고, 언니가 살고 있는 서울의 반지하방으로 가족 전체가 이사를 가게 된다. 이성적으로 보자면 자리만 차지하는 피아노는 당연히 중고시장에 내놓는 것이 맞겠지만, 이 가족은 어떻게 해서든 피아노를 지고 가려 한다. 작가는 피아노를 버려야 하는 '사정'에 대해서 쓰는 것이 아니라, 피아노를 품을 수밖에 없는 '심정'에 대해서 쓴다.

엄마가 피아노를 버릴 수 없었던 것은 가난을 스스로 인정하는 꼴이 되기 때문이다. 우리에게는 무슨 일이 있어도 손에 움켜쥐고 살아가야 하는 것들이 있다.

콧대를 세운다는 뜻의 '도도하다'처럼, 없이 살아도 피아노를 사는 콧대, 차압이 들어와도 피아노만은 팔지 않는 콧대, 누구에게나 이것만큼은 지켜야 하는 자존심의 상한선이 있다. 어떤 이는 세상 물정 모른다고 비난할지라도 그 도도한 콧대만이 비루함에서 나를 지켜주는 유일한 무기가 된다.

'도'의 건반이 낮고 길게 울리듯, 작가의 시선은 항상 낮은 곳을 향해 있었다. 20대의 김애란이 쓴 소설에는 불안의 시대를 살아가는 청춘의 모습이 투영되어 있다. 우리의 지금은 남루할지라도 마음속에 품은 꿈은 얼마나 눈부신지를 나직이 말해 준다.

20대의 나는 작가의 글을 읽고 또 읽었다. 선배 작가로부터 구성이 엉망이라며 호되게 혼나던 날, 출연자 집 앞에 찾아가 몇 번이고 고개를 숙이며 출연을 읍소했던 날, 피디와 의견 차이로 대판 싸운 날, 시청률 저하로 부장의 욕을 한 바가지 먹고 체했던 그날에도 나를 긍정하며 건반 '도'를 눌러 보곤 했다. 맑은 음을 내는 '높은 도'와 달리 고요하지만 깊은 울림을 가진 '낮은 도'는 사람의 발바닥을 닮았다. 깊고 낮은 그 소리는 빠르게 걸어가는 군중 사이에서 조금은 느린 내 발걸음을 나직이 긍정했다.

세상 사람들은 가끔 아무도 모르게

'도— 도—' 하고 우는 것은 아닐까 하고.

사람들은 저마다 자기도 모르게 까닭 없이 낼 수 있는

음 하나 정도는 갖고 태어나는 게 아닐까 하고.

《침이 고인다》 수록 단편 〈도도한 생활〉, 김애란 지음,
문학과지성사, 2007, 19쪽.

무엇을 위해
일하는가

《변신 Die Verwandlung》
프란츠 카프카 Franz Kafka

해가 뜨는 시간에 하루를 시작해 마찬가지로 일출을 보며 하루를 마무리했다. 방송 일 자체가 고강도였고 동시에 경력에 대한 욕심과 내 자리가 없어질지도 모른다는 두려움이 겹쳐 부단히도 일을 했다. 주중 아침에는 케이블 스튜디오 프로그램, 오후에는 라디오 생방송, 저녁에는 공중파 뉴스로 출근을 했다. 주말에는 출근하지 않아도 되는 영화 프로그램 대본을 썼다. 샤워할 때도 전화를 받지 못할까 봐 휴대전화를 딸기잼 통에 넣어 욕실에 가지고 들어갔다. 특히 인기 연예인의 경우 매니저와 통화하기도 하늘의 별 따기여서 그들이 전화를 걸어왔다면 나는 무조건 받아야 했다. 대체 이렇게까지 일을 해서 남는 것은 무엇일까? 일의 목적이란 어디에 있을까? 매번 같은 질문을 하면서도 답을 찾지 못했다. 스스로 만든 일이란 감옥에 갇혀 몇 년을 반복하며 출퇴근 도장을 찍었다.

*

《변신》 속 영업사원 그레고르 잠자의 하루는 새벽 4시에 시작된다. 기차를 타고 출근해서 쉬는 시간 없이 기계처럼 일을 한다. 그는 "불규칙하고 형편 없는 식사, 결코 진실하게 이루어질 수 없는 인간적 교류를 악마가 가져가기를" 바랐지만 전혀 개선되지 않았고, 적성에 맞지 않는 회사를 그만둘 수도 없었다. 사업에 실패한 부모님이 큰 빚을 지게 되면서 집안의 실질적인 가장이 되었고, 가족의 생계를 짊어져야 했다.

카프카가 살던 20세기 초 노동자들은 매우 열악한 환경에서 일했다. 이주동 교수가 쓴 《카프카 평전》에는 1907년 10월 2일, 프란츠 카프카의 채용 전문이 나오는데, '무조건 의욕적으로 일할 것, 초과 근무 수당은 지불하지 않음, 2년마다 2주간의 휴가'라고 쓰여 있다. 그때나 지금이나 노동권 유린은 변함이 없다. 인간은 계속해서 자본에 저당잡혀 노동을 착취당하고 있다.

어김없이 가기 싫은 출근을 앞둔 아침, 그레고르는 몸이 예전과 같지 않음을 깨닫는다. 께름칙한 예감을 안고 거울을 보는 순간 소스라친다. "불안한 꿈에서 깨어났을 때 그는 흉측한 갑충으로 변해 있는 자신의 모습을 발견한다."

한순간에 끔찍한 벌레로 변해버린 그레고르의 모습은 언제든지 버려질 수 있는 현대인의 불안하고 초라한 자화상이다. 경제적 의무를 이행하지 못하면 누구든 퇴물이 된다. 아량이란 없다. 능력을 상실하면 소리 소문 없이 사라지는 것이 자본주의의 이치다. 시청률 저하로 하루아침에 프로그램이 폐지됐고, 윗선에서 마음에 안 든다는 이유로 진행자가 교체됐으며, 메인 작가에게 괜한 말실수를 해서 그날로 가방을 싸야 했던 막내 작가도 있었다. 우리는 멋대로 쓰여졌고 쓸모가 없어지면 버려졌다.

더 이상의 화폐가치를 기대할 수 없게 된 그레고르는 말 그대로 벌레로 전락한다. 집안의 기둥이었던 아들의 변신은 본인뿐만 아니라 모두에게 엄청난 충격이었다. 처음에는 노심초사 보살펴주었던 식구들도 점차 그를 귀찮게 여기기 시작한다. 각자 일을 하게 되면서 경제적으로 자립하게 되자, 그레고르의 존재는 더욱 희미해져 갔다.

벌레가 된 그가 할 수 있는 일이라곤 저녁 무렵 거실에서 들려오는 가족들의 대화에 귀를 곤두세우는 것뿐이었다. 급기야 가족들은 그레고르를 진짜 벌레로 취급하기에 이른다. 아버지는 더 이상 참을 수 없다며 아들에게 사과를 던져 상처를 입힌다. 소외감에 떠밀려 벼랑 끝까지 내몰린 그는 쓸쓸히 죽음을 맞이한다. "공허하고도 평화로운 생각에 빠졌다. 콧구멍에서는 마지막 숨이 힘없이 흘러나왔다."

식구들의 '희망'에서 '절망'이 된 그레고르는 가족과 단절된 삶을 살았던 카프카 자신의 이야기다. 노동자재해보험국의 직원이었던 카프카는 주경야독형 작가였다. 낮에는 일하고, 밤에는 글을 썼다. 내성적이었던 성격 탓에 대인관계의 폭이 좁았으며 가족과의 사이도 좋지 못했다. 특히 가부장적이었던 아버지는 아들을 억압했고, 진보적인 그는 반항했다. 아버지에게 카프카는 돈 안 되는 글이나 끄적거리는 '몽상가'에 불과했고, 카프카에게 아버지는 돈만 버는 '일벌레'였다. 부자간의 불화는 평생 이어졌는데, 《변신》에서 아버지가 아들에게 사과를 던지는 장면은 실제 부자간의 대결 상황을 극적으로 묘사했다고 볼 수 있다.

아이러니한 것은 그토록 증오했던 아버지와 카프카가 한 공간에 묻혔다는 점이다. 프라하의 카프카 묘지 앞에서 슬펐던 것은 죽어서 누울 공간마저 원하는 대로 이루지 못한 외골수 작가의 삶이 서러워서였다.

비단 가족뿐만 아니라 절대적으로 혼자 있기를 원했던 그는 결혼도 거부했다. 《변신》을 쓸 당시 펠리어 바우어를 만나 잠시 마음을 주었지만 '사랑'과 '글', 두 가지 삶은 양립될 수 없다며 글을 선택한다. 연금술사들이 모여 사는 황금소로 22번지, 작고 낮은 집에서 빛나는 금박들만큼이나 영롱한 글을 써내려 갔다. 일과 글을 병행하며 현실과 이상의 문턱에서 방황했던 불안과 부조리의 편린들을 종이에 눌러 담았다. 가진 것 없는 삶의 유일한 보석은 '글'이었다.

'책은 우리 마음 안에 있는 얼어붙은 바다를 깨는 도끼'여야 한다고 했던 카프카의 말은 사실이었다. 《변신》은 일과 피로에 지쳐 굳어버린 내 심장에 뜨거운 파동을 일으켰다. 생계를 담보로 고단함과 외로움을 숨긴 채 쳇바퀴를 굴려 왔다. 베인 상처에도 반창고를 덕지덕지 붙이고 출근했다. 때로는 책과 영화를 보며, 가끔은 여행을 가며 재충전을 했지만 다시 현실이란 거대한 벽에 부딪히며 무너지기를 반복했다.

나는 오뚝이였다. 살짝 건드린 누군가의 손가락에 의해, 예상치 못한 바람에 의해 좌우로 흔들렸지만 항상 같은 자리였다. 넘어져도 그 자리에 다시 일어섰다. 불평 불만을 하면서도 뒤뚱뒤뚱 맴돌기만 했다. 안정이라는 유혹은 시간을 거듭할수록 벗어나기가 더 힘들었다. 인생 별거 없다고 다들 그렇게 같은 경로를 빙빙 돌며 사는 것이라고 스스로를 합리화했다. 넘어진 김에 좀 쉬어갈까, 데굴데굴 굴러서 다른 곳으로 한 번 가볼까, 그런 생각은 상상조차 못했다. 오뚝이는 넘어지면 곧바로 다시 일어서야만 했다.

어느 날 이런 오뚝이에게도 딴 세상으로 굴러갈 기회가 찾아왔다. 삶의 장점이자 단점은 예상 밖의 상황들이 내 의도와 상관없이 나를 이끌고 간다는 것이다. 본의 아니게 독일로 거주지를 옮기게 되면서 하던 일을 모두 그만두게 되었다. 정리를 하면서 제일 먼저 깨닫게 된 사실은 나 아니면 안 될 것 같았던 자리가 빛의 속도로 채워졌다는 점이다. 허탈하기보다는 오히려 가벼웠다. 내려놓으니 보였다. 나는 나를 위해서 일을 한 것이 아니라 일을 위해서 일을 했다. 그 충성에 대한 보답으로 보수를 받았지만 채워지지 않는 결핍이 늘 있었다. 내가 원하는 삶의 모습이 아닌 줄 알았지만 안위를 구실로 미련하게 붙잡고 있었다.

그렇다고 중독에 가까운 수준으로 일했던 과거의 나를 부정하지는 않는다. 그런 내가 있었기에 일이 아닌 나를 위해 살아봐야겠다고 다짐하는 지금의 내가 있다.

"저는 출구가 없었습니다. 그렇지만 저는 그것을 마련해야만 했습니다. 왜냐하면 그것 없이는 살 수가 없었기 때문입니다."(《변신》 수록 단편 〈학술원에 드리는 보고〉, 프란츠 카프카 지음, 이주동 옮김, 솔, 2020) 작품 속 원숭이의 독백은 마치 출구 없는 통로를 무한반복하던 나의 고백처럼 느껴졌다. 우리 모두에게는 '그것'이 필요하다. 오뚝이에게 그 탈출구는 다른 곳에서의 삶이었고, 카프카에게는 글이었다.

카프카는 일을 하면서도 펜을 놓지 않았다. 스스로에게 글쓸 권리를 부여함으로써 자신의 존재를 증명했다. 그는 벌레로 변신한 그레고르를 통해 사람으로 태어나 하고 싶은 일을 하지 못하고 밥벌이 수단으로만 살아간다면 벌레와 다를 바 없다는 진리를 전한다. '적어도 괴물은 되지 말자'는 영화 속 대사처럼, 최소한 벌레가 되지 않으려면 나를 위해 살아야 한다. 내게 행복할 권리를 줄 수 있는 유일한 존재는 나 자신이다.

마음을

다독이는 ─ 한 줄

◇

그들은 오늘 하루를 푹 쉬면서,

산책이나 하며 보내기로 결정했다.

그들에게는 그렇게 일을 잠시 그만두고

휴식을 취할만한 이유가 있었다.

아니, 휴식이 절대적이라 할 만큼 꼭 필요했다.

《변신》, 프란츠 카프카 지음, 루이스 스카파티 그림, 이재황 옮김,
문학동네, 2005, 123쪽.

'그럼에도 불구하고'
나아가

_____

《달과 6펜스 The Moon and Sixpence》
윌리엄 서머싯 몸 William Somerset Maugham

방송 일을 그만둔 적이 있었다. 방송작가는 막내-서브-메인 개념으로 이루어지는데 막내, 서브 때는 개인 시간이 전혀 없다고 해도 무방할 만큼 일은 산적하고, 수고로움 대비 급여는 냉정하다. 이 시기를 잘 이겨내야 메인으로 올라갈 수 있지만 고강도 업무 스트레스로 인해 중간에 그만두는 사람들도 부지기수다. 나 역시 이들 중 한 명이었다. 내가 작가인지 잡가인지 글쓰기보다는 복사하고 큐카드 만드는 일이 더 많았고, 출연하기 싫다는 사람 집까지 찾아가서 애걸복걸하며 을도 아닌 정에 가까운 구걸 인생을 살아야 하나 자괴감이 들었다. 무엇보다 '저녁이 있는 삶'을 간절히 원했다. 일주일에 한 번 이상 밤을 새우는 것도 모자라 일요일에 쉬는 것이 사치였고, 아파도 링거 투혼을 불사르며 생방송 대본을 써야 하는 노예의 삶이 끔찍했다. 넌덜머리 나는 방송계를 이탈해서 일반 회사에 취업했다. 하고 싶은 일을 위해 퇴사를 선택하는 사람들과는 정반대의 선택이었다.

나는 스스로를 적응에 능한 부류라고 평가했는데 완벽한 오판이었다. 정해진 업무를 처리하는 것은 적성에 맞지 않았다. 사무실에 앉아있는 시간이 답답하고 지루했다. 밤을 새울지언정 방송을 할 때는 희열이 있었다. 정시 출퇴근은 몸은 편했지만 정신이 괴로웠다. 그토록 원했던 저녁을 가졌지만 성취욕 부재는 의욕을 저하시켰다. 결국 석 달을 억지로 채우고 회사를 그만두었고, 다시 방송작가가 되어 15년 넘게 이 일을 하고 있다.

잠시 외도를 했으되, 그때나 지금이나 나는 방송국을 좋아한다. 말도 안 되는 업무적 희생은 변함없지만 이곳이야말로 어떤 꿈의 공작소다. 대체로 방송 관련 종사자들은 본인이 원해서 이 직업을 택한 사람들이다. 하고 싶은 일을 하는 사람들이 모여 있는 집단인 셈이다. 그래서 밤샘으로 코피를 쏟고 다크서클이 턱밑도 모자라 가슴까지 내려와도 다음날 시청률이 잘 나오면 씨익~ 한 번 웃고 또 촬영을 나가는 이들이 방송쟁이들이다.

꿈의 공작소로 지칭했지만 맹점도 존재한다. 각종 사회 부조리와 고용 불안을 고발하면서 정작 비정규직보다 더 못한 일용직 노동자들을 대량 양산하는 '방송국'. 이토록 이율배반적인 집단에 화가 날 때도 많았다. 나 역시 방송작가라는 직업에는 만족했지만 돈에 있어서만큼은 자유롭지 못했다. 돈을 벌기 위해서 여러 프로그램들을 닥치는 대로 했다. 언제 프로그램이 없어질지 모르니 최소 두 개 이상은 쥐고 있어야 안심이 됐다. 매 순간 실직의 위험에 대비해야 하는 프리랜서는 빛 좋은 개살구였다.

누구에게나 그렇듯 이상과 현실, 두 마리 토끼를 다 잡는 것은 어려운 일이었다. 이상이 현실에 부딪힐 때마다 밤하늘의 달을 쳐다보았다. 내 손가락을 동그랗게 만들어 그 구멍 사이로 달을 보았다. 대체 언제쯤 저 달에 다다를 수 있을까.

*

소설 《달과 6펜스》 속 찰스는 무척이나 달에 가고 싶은 사람이었다. 증권거래소에서 일을 하다가 늦은 나이에 화가로 전향한 폴 고갱의 삶을 소설화한 이 작품은 마치 꿈과 현실의 경계에서 끊임없이 줄다리기하는 나를 보는 듯했다.

평범한 중년의 증권중개인 찰스 스트릭랜드. 성실하게 살아온 그는 어느 날 갑자기 가족들을 버리고 홀연히 파리로 떠나겠다고 선포한다. 무턱대고 자신은 그림을 그려야 한다고 힘주어 말한다. "나는 그림을 그려야 한다지 않소, 그러지 않고서는 못 배기겠단 말이오." 그의 선택은 모두를 당황하게 만들었다. 평소 이 사람의 성품대로라면 도무지 이해할 수 없는 행동이었다. 심지어 일확천금을 벌기 위해서도 아닌, 사랑하는 사람이 생겨서도 아닌, 이루지 못한 화가의 꿈을 찾기 위해서라니. 대체 이 남자가 예술을 알기는 했던 걸까. 그 누구도 수긍하지 못할 행동이었지만, 꿈을 마음에 접어두고 사는 어떤 이는 백 번이고 천 번이고 찰스를 이해했을 것이다.

남자는 커다란 포부를 안고 예술가들의 성지로 불리던 파리에 도착했지만 세상은 만만한 곳이 아니었다. 늦깎이 화가에게 그 누구도 눈길 한 번 주지 않았다. 현실이란 냉정하고 차가운 바람은 많은 이들이 퇴사를 주저하게 만드는 이유다. 과감히 사표를 던지고 당당히 걸어가는 모습을 곧잘 상상했던 나는 내심 찰스가 성공하기를 바랐다.

기대와 달리 찰스는 이 지점에서부터 이해할 수 없는 기행들을 한다. 민폐남도 이런 민폐남이 없다. 무일푼에 무명이었던 그를 물심양면 도와준 친구 더크의 부인 블란치와 불륜을 저지른다. 여기서 끝이 아니다. 남편을 버리면서까지 사랑했고 기꺼이 모델이 되어준 그녀를 외면해 자살에 이르게 한다. 한 가정을 파탄냈지만 일말의 죄책감도 느끼지 않는다. 머릿속에는 오직 예술뿐이다. 예술가의 창작혼은 이 모든 비도덕적 행동에 대한 면죄부가 될 수 있을까.

그는 사람들에게 온갖 상처를 남긴 채, 혈혈단신 예술의 기원을 찾겠다며 타히티섬으로 떠나버린다. 섬은 마지막 예술혼을 불태울 수 있는 오아시스였다. 현지인을 아내로 맞아 정착한 그는 비로소 작품에만 집중할 수 있었다. 그림 재료를 사기위해 가끔 일을 하며, 사람들에게 돈 대신 그림을 선물하며 근근이 살아가지만 작품 활동은 그 어느 때보다 왕성했다. 드디어 굴곡진 인생이 안온함에 근접해질까 기대를 하던 찰나, 한센병을 얻었고 병세는 호전되지 않았다. 유작으로 살던 집에 벽화를 남겼다. 찰스란 이름은 살아생전 주목받지 못했지만 사후영화 같은 삶과 더불어 천재 화가로 역사에 기록된다.

소설의 전체적인 이야기는 폴 고갱의 삶과 거의 일치한다. 작가와도 일부는 닮았다. 서머싯 몸 역시 영국에서 의학을 전공했지만 글을 쓰고 싶어 했다. 의사로서 자신의 경험을 담은 《램버스의 라이자》가 큰 반향을 일으키자 과감히 병원을 나와 작가로 전향한다. 다른 점이 있다면 찰스, 폴 고갱과 달리 서머싯 몸은 대중성과 작품성을 동시에 인정받은 유명 작가로 천수를 누리다 생을 마감했다. 그야말로 달과 6펜스를 모두 잡은 행운아인 셈이다.

평범한 사람이 현실에서 달과 6펜스를 동시에 거머쥘 수 있는 확률은 얼마나 될까. 수많은 사람들의 원망을 사면서도 기어코 달을 향해 나아갔던 찰스도 6펜스를 잡진 못했다. 이루지 못한 꿈 앞엔 늘 망설임이 가로막고 있었다. 새로운 도전은 많은 것을 포기해야 함을 의미했다. 어렸을 때는 가능한 꿈을 크게 가지라고 했는데, 어른이 된 후에는 꿈을 찾는 것조차 눈치가 보였다. 나를 제외하고도 신경 써야 할 것들이 산적해 있었다. 주변의 원망을 무시하고 기어코 나아가는 것이 맞을까. 나를 둘러싼 가족, 환경과 타협하는 것이 맞을까.

이 고민은 비단 놓치고 살았던 꿈에 국한된 것만은 아니다. 엄마가 된 친구들이 양육과 일의 양립을 고민하는 것 역시 마찬가지였다. 아이에게 미안한 마음을 잠시 내려두고 자아 성취의 길을 갈 것이냐, 평생 오지 않을 이 순간을 오롯이 육아에만 집중하느냐의 갈림길에서 그녀들은 고민했다.

이상과 현실의 상충은 육아, 가족, 일 등 우리 삶 곳곳에 수많은 선택지를 만들어놓고 고뇌에 빠트린다. 결정은 개개인의 신념에 따른 것이기에 100% 들어맞는 정답도 없다. 작가 역시 뾰족한 답을 내리지 않았다. 찰스의 말로는 쓸쓸했다. 과연 그가 꿈을 이룬 것인지조차 헷갈린다.

모연한 결말만큼이나 '달과 6펜스'라는 제목은 중의적이다. 둘은 똑같이 동그란 모양을 하고 있지만 성질은 완전히 다르다. 인류는 미지의 달을 동경하는 한편 윤택한 삶을 선물하는 6펜스를 좇았다. 오늘도 누군가는 달을 찾아 먼 비행을 떠났고, 누군가는 6펜스를 위해 땅 위를 열심히 달린다. 이상적인 삶과 현실적인 삶, 밤하늘에 떠 있는 삶과 지갑 속에 갇힌 삶, 무엇도 완벽한 삶이라고 정의내릴 수 없다. 다만 찰스가 그러했듯 내 선택에 후회는 없어야 한다. 그는 단 한 번도 뒤돌아보지 않고 원하는 길을 걸었다. '그렇기 때문에' 포기하기보다는 '그럼에도 불구하고' 나아갔다. "사람은 자신이 자신에게 기대하는 대로 된다"고 했던 간디의 말을 믿어보고 싶다. 커졌다가 작아지기를 반복하며 늘 까만 밤하늘에 떠 있는 달은 오늘도 주머니 속 6펜스를 만지작거리는 나를 가만히 비춘다.

난 나보다 그 사람을 더 사랑하네.

내가 보기엔, 사랑에 자존심이 개입하면

그건 상대방보다

자기 자신을 더 사랑하기 때문이야.

《달과 6펜스》, 윌리엄 서머싯 몸 지음, 송무 옮김,
민음사, 2000, 152쪽.

그리스에는
조르바가 없었다

《그리스인 조르바 Vios ke politia tu Aleksi Zorba》

니코스 카잔차키스 Nikos Kazantzakis

서른! 잔치는 끝난 것일까, 다시 시작되는 것일까? 20대에 입장한다는 것은 신의 축복과 같은 눈부심이었지만, 30대란 관문은 〈서른 즈음에〉라는 노래 가사 때문인지 약간은 쓸쓸했고 조금은 방황했다.

보도국 시사 프로그램을 하던 서른의 나는 섭외 스트레스가 극에 달해 있었다. 매일 이슈가 되는 인물을 발굴하고 스튜디오로 이끌어내기까지는 어마어마한 인내와 노력이 필요했다. 그것도 모자라 누가 들어도 지극히 개인적인 일로 항의하는 시청자 전화에 진땀을 빼는 것 역시 온전히 내 몫이었다. 매일 매일 다른 사람들에게 시달렸다. 공격 한 번 못하고 펀치만 맞는 기분이었다. 퇴근길, 막차에 몸을 실을 때면 온몸이 까만 터널 속으로 빨려 들어가는 것만 같았다.

모든 것에서 벗어나고 싶었다. 누구의 간섭도 받지 않을 '자유'가 있는 곳이라면 어디든 좋았다. 이런 상황에 직면한 많은 이들이 밟는 수순을 기꺼이 따르기로 했다. 프로그램을 그만두었고, 퇴사 다음은 으레 그렇듯 여행이었다. 자유에 목말랐고 자유 하면 응당 조르바였으니 그의 나라 그리스로 목적지를 정했다. 간 김에 그리스어로 된 《그리스인 조르바》를 꼭 사야겠다고 다이어리에 적었다.

회의감, 초조함, 불안함, 약간의 실핏줄 같은 여망을 안고 그리스 땅을 밟았다. 3월의 아테네는 봄맞이로 한창이었다. 지천에 흐드러지게 핀 이름 모를 분홍 꽃들이 여행자의 심장을 간지럽혔다. 휘도는 돌개바람은 하루에도 수십 번 하늘의 빛깔을 바꿔놓았다. 파랑과 하양, 잿빛 사이에서 바람이 휘몰아쳤다. 그 속에 휘영청 내 꿈이 잡힐 듯 말듯 떠다녔다. 어디에서든지 고개를 들면 시야에 들어오는 상공에 둥둥 떠 있는 듯한 상아빛 신전은 이곳이야말로 천국이라고 속삭였다. 몽환적인 분위기에 취해 신들과 어깨를 나란히 하며 포도주라도 한 잔 할 수 있을 것 같은 기시감마저 들었다. 아테네는 가히 신들의 나라였다. 근사한 이 땅에서만큼은 그토록 갈망했던 자유를 만끽할 수 있으리라는 확신이 들었다.

애석하게도 꿈결을 누비는 몽환은 찰나였다. 여행자의 필수 품목이라고 할 수 있는 '환상'이 불러일으킨 100% '착각'이었다. 첫 번째 버킷리스트인 그리스어로 된 《그리스인 조르바》를 구하고자 호기롭게 시내 대형 서점을 찾았으나…

책이 없 . 었 . 다.
여행의 설렘은 이내 당황으로 바뀌었다.

"대체 그 작가가 누구입니까?"

돌아온 서점 직원의 질문은 나를 아연하게 만들었다. 말문이 막혔다. 당혹스러웠다. 막연히 우리나라의 《토지》나 《태백산맥》처럼 국민이 사랑하는 베스트셀러일 줄 알았다. 이후 산토리니섬에도 가봤지만 그 어떤 서점에서도 《그리스인 조르바》를 찾지 못했다.

무신론자였던 니코스 카잔차키스는 조르바의 입을 빌려 신을 악마로 표현했고 수도사가 수도원에 불을 지르는 파격적인 설정 탓에 그리스 정교회로부터 신성모독이라는 비판을 받았다. 한동안 출간 금지 서적이었던 이력을 감안하더라도 아예 없다는 것은 기이한 일이었다. 갑자기 조르바가 저 먼 신기루에 있는 것 같았다. 여행을 통해 만났던 대부분의 외국인들도 조르바를 몰랐다. 물론《그리스인 조르바》는 앤소니 퀸 주연의 영화로도 제작이 됐고 세계적으로 광범위한 독자층을 형성하고 있다. 그렇지만 한국에서의 사랑이 유독 각별한 것은 꽤 흥미로운 현상이었다.

한국인은 왜《그리스인 조르바》에 열광할까? 무엇보다 수많은 지식인들이 이 책을 찬양했다. 명사들의 책 추천 시리즈였던 네이버〈지식인의 서재〉에서 조르바는 빠지지 않는 단골손님이었다. 집계 결과를 보면 가장 많은 선택을 받은 책 2위가 니코스 카잔차키스의《그리스인 조르바》, 1위는 가브리엘 가르시아 마르케스의《백 년 동안의 고독》이다. 문화심리학자 김정운은 조르바가 되겠다며 교수직을 내려놓고 일본으로 떠나 화제의 인물이 됐고, 장석주 시인은 이 책을 흠모한 나머지 거의 외웠다고도 고백했다. 그렇게 조르바는 자유의 대명사가 됐고, 특히 퇴사한 이들에게는 바이블과 같은 필독서로 자리매김했다.

우리가 이토록 조르바를 예찬한 것은 그와 같은 삶을 살지 못하기 때문은 아닐까 하고, 눈부시게 푸른 산토리니 바다를 보며 생각했다. 한국 사회는 자유롭지 못하다. 과도한 경쟁과 치열한 사회적 관계 속에서 살아남으려면 자유를 묶어둘 수밖에 없다. 입시 지옥 후에는 취업 경쟁이 기다리고 있고 결혼을 했더니 독박 육아가 얼굴을 내밀었으며, 이제 좀 살만하다 싶을 때면 노인 빈곤에 대한 두려움으로 일을 해야 했다. 좀처럼 벗어나기 힘든 억압의 무한반복 속에서 발버둥 치다 보면 순도 100%의 오늘을 사는 조르바가 누구라도 부러워진다.

조르바란 대체 어떤 인간이기에 우리를 이토록 매혹했을까? 그는 실존 인물이었다. 1917년 카잔차키스는 제1차 세계대전으로 인해 석탄이 부족해지자 기오르고스 조르바란 사람을 고용해 갈탄 개발에 착수한다. 사업은 실패했지만 평생 책만 읽고 살아온 작가에게 호방하고 기개 넘쳤던 조르바는 강렬한 인상을 남긴다. 카잔차키스는 조르바야말로 평생 만난 사람 중 존경할 수 있는 몇 안 되는 인물이라고 평가했다. "나는 아무것도 바라지 않는다. 나는 아무것도 두려워하지 않는다. 나는 자유다." 카잔차키스의 유언은 《그리스인 조르바》의 한 줄 평과도 같다.

*

니코스 카잔차키스의 《그리스인 조르바》 속 조르바는 그를 관찰자 시점에서 바라보는 나에 의해 설명된다. 화자인 나는 행동하는 양심과는 거리가 먼 소심한 지식인이다. 그는 갈탄 광산 개발을 위해 크레타섬으로 가는 항구에서 그리스인 조르바를 만난다. 조르바는 다짜고짜 젊은 시절에 광산에서 일한 경험이 있다며 자신을 데려갈 것을 부탁한다. 화자는 조르바의 도발적인 말투와 태도에 매력을 느껴 광부 감독관을 맡기기로 한다. 그렇게 두 사람의 동행이 시작된다.

섬에 도착한 그들은 과부 오르탕스가 운영하는 여인숙에 묵기로 한다. 호색한 조르바는 금세 그녀를 유혹해서 연인이 된다. 그는 공식적인 결혼은 한 번 했지만 비공식적으로는 3천 번쯤 한 남자였다. 나는 대놓고 여자를 밝히고 인부들을 막 대하는 조르바가 못마땅했다. 서로 다른 두 사람은 간헐적으로 부딪히지만 주인공은 점차 이 사람의 진면목을 알게 된다. 조르바는 많이 배우지 못했을지라도 몸으로 체득한 경험을 통해 어떻게 살아야 잘 사는지를 아는 사람이었다. 내가 어떤 음식을 좋아하냐고 물었을 때 조르바는 아무거나 다 좋아한다고, 특정 음식을 나쁘다고 하는 것은 죄악이라고 답한다. 이유는 다름 아닌 굶주린 사람들 때문이었다. 나는 부끄러움을 느낀다. 조르바로부터 이성과 지식, 가식적인 예절로 포장된 사람들에게서는 찾을 수 없는 지혜, 세상을 향한 따뜻한 시선을 본다.

내가 섬에 온 이유는 행동하는 양심이었던 친구의 충고 덕분이었다. 스타브리다키스는 박해받는 그리스인 동지들을 돕기 위해 떠났지만 나는 동참하지 않았다. 양심의 가책을 느낀 나머지 광산 사업을 통해 노동자들과 어울리며 실천하는 삶을 살아보고 싶었다. 책에만 파묻혀서 현실을 잘 모르는 나, 감정에 솔직하지 못한 나, 어제를 후회하고 내일을 걱정하느라 오늘을 즐기지 못하는 나와 달리 조르바는 이 순간을 사는 사람이었다. 타오르는 열정을 가진 그는 거침이 없었고 후회도 없었다. 물레를 돌리는데 걸리적거린다며 왼손 검지를 잘라버리는 사람이 조르바였다. 진지한 성격 탓에 생각만 많았던 나에게는 "조르바야말로 오랫동안 찾아다녔으나 만날 수 없었던 바로 그 사람이었다."

나는 조르바를 동경하되 그와 똑같이 될 수는 없었다. 빗속에서 만난 젊은 과부 소멜리나에게 마음이 있었지만 고백하지 못한다. 소심한 데다 걱정 인형 몇십 개를 안고 사는 주인공은 이 책을 읽고 있는 나를 보는 것만 같았다.

물론 꼭 조르바처럼 사는 것이 정답은 아니다. 이 사람의 거친 삶만이 자유는 아닐 것이다. 각자가 체감하는 자유의 결은 다를 수 있다. 끊임없이 자유를 갈망하던 주인공도 나름의 방법으로 자유를 찾고야 만다.

공교롭게도 그 깨달음은 모든 것을 잃고 난 후였다. 공들인 갈탄 광산의 기공식이 열리던 날 철탑이 무너져 내렸고, 사업은 수포로 돌아간다. 와르르~ 다 깨져버린 그 순간 나는 지금껏 느

껴보지 못한 자유에 눈뜬다. 두 사람은 함께 춤을 춘다. 족쇄와
도 같았던 광산으로부터 비로소 해방된 것이다.

영화 〈그리스인 조르바〉에서 두 사람이 해변에서 춤을 추
는 모습은 '자유'란 무엇인지를 몸소 표현해 보인다. 그 춤사위
는 마치 "아무도 보지 않는 것처럼 춤춰라. 한 번도 상처받지 않
은 것처럼 사랑하라. 듣는 이가 없는 것처럼 노래하라. 이곳이
천국인 것처럼 살아라"라고 했던 마크 트웨인의 말을 화면으로
옮긴 듯하다.

책 속의 화자가 모든 것을 소진한 후에야 자유를 깨달았듯
나는 그리스까지 가서 《그리스인 조르바》를 찾지 못하고 나서
야 비로소 알게 됐다. 자유와 조르바는 한국에, 바로 내가 사는
곳에 있었다. 진정한 자유는 멀리 있는 것이 아니라 스스로 순
간을 만끽할 수 있을 때 찾아오는 것이었다. 이미 조르바는 말
했다. "어제는 지나간 오늘, 미래는 맞이할 오늘, 오늘을 잘 살
아보세."

한국으로 돌아와서 《그리스인 조르바》를 다시 읽었다. 일상
으로부터 달아나는 것이 자유가 아니었다. 휴가지에서 쉬는 것
도 자유는 아니었다. 내가 있는 이곳에서 '나'됨을 인정할 수 있
을 때, 내 삶의 오선지 안에서 나의 노래를 자신 있게 부를 수

있을 때 진정한 자유를 획득했다고 말할 수 있으리라. 자유란 갈망만 할 것이 아니라 실천할 때 찾아온다. 내 안의 두려움에 맞서 스스로 만든 강박을 통과할 때, 속박이란 구름은 걷히고 자유라는 해가 뜬다.

행복이라는 것은

포도주 한 잔, 밤 한 알, 허름한 화덕, 바닷소리처럼

참으로 단순하고 소박한 것이라는 생각이 들었다.

필요한 건 그뿐이었다.

지금 한순간이 행복하다고

느껴지게 하는 데 필요한 것이라고는

단순하고 소박한 마음뿐이었다.

《그리스인 조르바》, 니코스 카잔차키스 지음, 이윤기 옮김,
열린책들, 2009, 120쪽.

반대로도
괜찮아

《인형의 집 Et dukkehjem》
헨리크 입센 Henrik Ibsen

인간 세계에는 사람들이 정해놓은 '생의 주기'라는 것이 있었다. 그들은 절대 잊어버리지 않겠다는 듯 정기적으로 내가 그 사이클에 잘 맞춰서 살고 있는지 확인했다. 학교 다닐 때는 반에서 몇 등을 하냐고 물었고, 대학에 갔더니 취업은 언제 하냐고, 취업 후엔 결혼은 언제 하냐고 재차 질문했으며, 결혼이란 관문에 입장했더니 아이는 언제 갖느냐고 재촉했다. 만약 내가 아이를 낳는다면 기다렸다는 듯이 둘째는 언제 낳을 거냐고 물었을 것이다. 결국 둘째까지는 낳아야 부탁하지도 않은 주변의 근심으로부터 벗어날 수 있다는 생의 주기가 우리 사회에는 통용되고 있다.

30대인 우리 부부가 아이도 낳지 않고 멀쩡히 다니던 직장을 관두고 유학을 간다고 했을 때 사람들은 제정신이냐고 되물었다. 20대도 아닌 30대 중반에? 결혼도 했는데? 갔다 와서 뭐하려고? 누구보다 불안한 사람은 나였지만 응원해주는 이보다 훈수를 두는 쪽이 훨씬 많았다. 그들은 평균이 깨지는 것을 달가워하지 않았다. 균형의 균열이 불편했을 수도 있고, 나를 아껴서 정해진 길을 편하게 걷기를 바라는 마음도 있었을 것이다. 다만 내 입장에서는 남들과 다른 길을 틀린 길로 대하는 사고방식이 내심 서운했다. 당시 나에게 필요한 것은 간섭이 아닌 공감이었다. 아무 말 없이 손을 꼭 잡아주는 사람이 절실했다. 만약 그때 입센과 같은 사람이 내 곁에 있었더라면 조금은 다른 말을 해줬을까.

노르웨이 극작가 헨리크 입센은 '반대'를 좋아하는 사람이었다. 남들이 가는 길은 무조건 피하겠다는 각오라도 한 듯 삐딱선을 탔다. 접어야 했던 화가의 꿈, 의대 시험 낙방, 생활고로 인한 알코올 중독 등 불운한 삶이 이 남자를 냉소적으로 만든 측면도 있었겠지만 타고난 기질도 한몫했던 듯싶다. 오죽했으면 그가 죽기 전 마지막으로 남긴 말이 "반대로"였을까.

냉소로 가득한 부조리의 대가, 헨리크 입센의 대표작《인형의 집》은 "통속과는 다르게 세상을 보겠다"는 의지의 표명이었다. 입센은 기본적으로 여성운동가였던 아내 수잔나 토레센의 영향으로 여성 문제에 관심을 갖고 있었고, 이 작품은 페미니즘 문학의 정수로 꼽힌다. 하지만 이런 세상의 평가와 달리 뒤통수에 일가견이 있는 작가는 "나의 과제는 여성해방이 아닌 인간해방"이라고 말해 모두를 어리둥절하게 만들었다. 《인형의 집》은 익히 알려져 있다시피 여성의 자아 발견이기도 하지만 작가의 주장으로 보자면 사회라는 정해진 집단을 탈출하고 싶은 한 인간에 관한 이야기이기도 하다.

*

헬메르의 아내 노라는 세 아이의 어머니이며, 한 남자의 사랑스러운 아내다. 남편이 은행장으로 취임하면서 근사한 시기를 보내던 그때, 단란한 가정에 균열이 생긴다. 노라는 신혼시절, 몸이 아픈 남편의 병원비를 마련하고자 아버지의 서명을 위조해 고리대금업자로부터 돈을 빌렸다. 당시 여성에게는 재산권 자체가 허락되지 않았기에 은행에서 차용을 할 수 없었다. 비록 법에 저촉되는 일이었지만 남편을 위해 무언가를 할 수 있는 자신이 대견스러웠다. 헬메르는 건강을 회복했고 은행장이 되었으나 하필 당시 고리대금업자가 은행의 직원으로 있었다. 잘못된 행실로 해고 위험에 처한 남자는 과거를 빌미로 노라를

협박하고…. 뒤늦게 이 사실을 알게 된 헬메르는 분노한다. 그는 왜 그토록 화를 냈을까?

남편은 아내에게 돈을 주었지만 '열쇠'는 주지 않았다. '돈을 타내기 위해 노래하는 철부지 종달새', '사랑스러운 다람쥐' 그것이 헬메르가 생각했던 노라의 정체성이었다. 철저하게 수동적이어야 하는 부인이 주체적으로 어떤 일을 저지른 것도 모자라 자신의 위신까지 떨어트렸다는 것은 용납할 수 없는 일이었다.

당연히 자신을 이해해줄 것이라 믿었던 남편으로부터 돌아온 것은 힐난뿐이었다. 노라는 당황했지만, 내 편이라고 생각한 남편이 등을 돌린 순간 깨닫는다. 결혼 전 자신은 아버지의 인형이었으며, 결혼 후에는 남편의 인형이었음을. 지금이라도 늦지 않았으니 한 남자의 아내 이전에 책임 있는 한 인간 '노라'로 살아가야 함을.

그녀는 남편 앞에서 "하나의 참다운 인간이 되려고 노력"할 것을 공언한다.

노라가 인형의 집 문을 박차고 나와 힘찬 발걸음을 내디뎠을 때, 세상은 그녀를 응원하지 않았다. 1879년 12월 21일 덴마크 코펜하겐 왕립극장에서 〈인형의 집〉이 초연됐을 당시, 관객들은 마지막 장면에 욕을 퍼부었고 평론가들은 혹평을 쏟아냈다. 배우들은 이 단 한 장면 때문에 출연을 거부했다. 주부가 집을 나간다는 것은 견고하게 이룬 사회적 가치관을 무참히 깨트리는 행동이었다. 이를 두고 모의재판이 벌어졌으며, 노라를 따라 가출하는 여성들이 늘어나면서 사회적 문제를 야기했다. 부정적이든 긍정적이든 화제를 불러일으켰으니 입센의 도발은 성공한 셈이다.

노라가 탄생한 지 140여 년이 지났다. 그 사이 노라는 '노라이즘'을 탄생시키며 자아에 눈뜬 여성의 상징이 됐지만 여전히 '인형의 집'에 갇힌 노라는 존재한다. 비단 남녀 불평등, 유리 절벽에 해당되는 담론은 아니다. 앞서 입센이 언급한 '여성해방이 아닌 인간해방'의 측면에서 봤을 때 우리는 스스로 쳐놓은 우리에 살고 있다.

타인이 만들어놓은 인형의 집, 그 안에서 누군가가 입혀주는 옷을 입고, 떠 먹여주는 밥을 먹고 사는 인형은 결코 전복(全福)할 수 없다. 인형이 아닌 인간인 이상 내 뜻대로 인생을 살아야 한다. 그것은 노라의 말처럼 무척 거룩한 행위다.

물론 인형의 집 밖은 위험하다. 반대의 길은 늘 쉽지 않았다. 사회적 냉대, 편견, 차별과 맞서 싸워야 할 수도 있다. 아무도 가지 않은 그 길은 고독할 것이다. 하지만 입센은 말했다. "이 세상에서 가장 강한 인간은 고독 속에서 혼자 서는 인간이다."

⬦

헬메르: 그걸 내가 말해야 아나?

　　　남편과 아이들에 대한 책임이 아닌가!

노라: 　내게는 다른, 그만큼이나 거룩한 의무도 있어요.

헬메르: 아니, 없어. 대체 무슨 의무지?

노라: 　나 자신에 대한 책임이에요.

《인형의 집》, 헨리크 입센 지음, 안미란 옮김,
민음사, 2010, 118쪽.

태풍의 눈을
찾아가야 한다

《호밀밭의 파수꾼 The Catcher in the Rye》
제롬 데이비드 샐린저 Jerome David Salinger

누구나 한 번쯤 아웃사이더를 꿈꿔봤을 것이다. 혹은 지금도 킬리만자로의 표범으로 외롭게 살고 있을 수도 있다. 왜 화가 나는지 이유조차 모르지만 머릿속이 온통 분노로 가득 차 있는 시절을 일컬어 우리는 '사춘기'라 부른다.

나는 학창 시절에 부모님이 학교로 불려 오거나 가출하는 등의 심각한 성장통을 겪지는 않았다. 대체로 무난한 청소년기를 보냈는데 엄마를 힘들게 하면 안 된다는 일종의 장녀 콤플렉스가 작용했던 것도 같다.

남편은 달랐다. 10대의 그는 들끓는 화를 주체할 수 없어서 복통을 자주 앓았다. 위내시경 결과 스트레스로 인해 붉은 반

점이 보일 정도였다. 그런 자식이 걱정되어 드링크 영양제를 건넨 어머니의 손을 내치고 나가버렸다. 병은 산산조각이 났고 바닥은 노란 액체로 흥건했다. 엉망이 된 방을 치워야 하는 것도, 일 수 없는 아늘의 반항에 답답한 가슴을 치유해야 하는 것도 온전히 어머니 혼자의 몫이었다.

아니 대체 왜 그런 몹쓸 짓을 했느냐는 내 질문에 그는 까닭조차 떠오르지 않는다고 했다. 다만 어머니에 대한 죄송한 마음 때문에 그 행위만큼은 지금까지도 기억하고 있었던 것이다. 말 그대로 이유 없는 반항, 질풍노도의 시기였다.

*

《호밀밭의 파수꾼》 속 홀든 콜필드는 소년과 성인, 일상과 일탈, 선과 악의 경계에 선, 반항으로 가득 차 있는 10대다. 185센티미터의 큰 키에, 새치가 수두룩한 열여섯 살 소년의 눈에 비친 세상은 오류와 혼동 그 자체였다. 시선은 언제나 불안과 방황에 맞춰져 있었다. 그는 소위 금수저 집안의 아들이다. 아버지는 유명 변호사였고 형은 할리우드 시나리오 작가다. 부족할 것 없이 자란 주인공은 부유층 자녀들이 다니는 명문 사립 학교를 다니고 있지만 벌써 이곳이 네 번째였고, 오늘 또 한 번 퇴학을 당했다. 사유는 영어를 제외한 모든 과목에서의 낙제였으나 실상은 소년에서 어른이 되는 성장통이 자리하고 있었다.

이는 열세 살 때 맨해튼의 맥버니 중학교에서 성적 불량으로 퇴학을 당한 작가의 자전적 경험을 바탕으로 한다.

홀든에게는 퇴학 통지서가 집으로 가기까지 3일의 시간이 있었다. 그는 기숙사에서 나와 뉴욕으로 간다. 세련된 도시에서 마치 어른이 된 것처럼 행동해 본다. 택시 기사에게 술을 한잔 하자고 권하는가 하면 매춘부를 만나도 보지만 오히려 그녀에게 돈을 빼앗기고 마는 영락없는 아이일 뿐이다. 줄담배를 피워 보고, 술에 취해도 보지만 해결되는 것은 하나도 없었다. 정신만 점점 더 흐리멍텅해졌다. 물질적 가치로 가득 찬 빌어먹을 소굴이라고 소리쳐 반발해봤자 견고한 세상의 눈에는 그저 타락한 청소년의 몸부림으로밖에 보이질 않았다.

홀든이 실제 주변 인물이었다면 배부른 소리나 하고 있는 재수 없는 부잣집 아들로 치부될 수도 있었다. 그는 퇴학을 당해도 아버지의 힘으로 다른 좋은 학교에 입학할 것이다. 그럼에도 그를 미워할 수 없는 것은 불만과 우울 사이를 줄다리기하는 연약한 영혼을 가진, 수녀님에게 더 많이 헌금하지 않은 것을 후회하는 심성 고운 소년이기 때문이다.

홀든은 기득권이 만든 제도와 속물근성에 환멸을 느꼈다. 훗날 캐딜락을 몰기 위해 공부하는 친구들을 경멸했다. 그는 기름으로 움직이는 차보다는 자신의 동력으로 달리는 말이 더 좋았고, 차에 흠집이 날까 봐 전전긍긍하는 어른들과 달리 센트럴 파크에 있는 오리들을 염려했다.

선생님에게 훈계를 들을 때도, 뉴욕에서 택시를 탔을 때도, 언못의 오리들이 겨울이 되면 어디로 가는지 궁금했다. 그것은 세상의 미운 오리 새끼와 같은 자신을 향한 위무였다. 단 한 명이라도 외롭게 물 위에 둥둥 떠 있는 나를 봐주길 바랐지만, 어른들에게는 문제아, 친구들에게는 돌아이일 뿐이었다. 마음을 터놓고 이야기할 친구조차 없었던 홀든에게 유일한 위로는 책이었다. 독서만이 그를 황홀하게 만들었다.

책 속의 세상은 눈부신 천국이었지만 책 밖의 세상은 부조리가 만든 지옥이었다. 박물관에 전시된 미라로부터 처음 평화를 느꼈지만 받침대에 새겨진 욕설은 현기증을 불러일으킨다. 다른 선생님들과 달리 따뜻한 말로 위로를 주었던 엔톨리니 선생님조차 홀든이 잠든 사이 그의 머릿결을 만지는 이상한 행동을 한다. 나중에는 오해였을 수도 있다고 생각했지만 《호밀밭의 파수꾼》에 나오는 인물과 상황들은 이처럼 모순으로 가득하다.

모든 것에 염증을 느낀 홀든은 떠날 것을 결심하고 마지막으로 동생 피비를 만난다. 오빠를 잘 알고 있었던 동생은 싫어하는 것이 백만 가지나 되는 오빠에게 대체 좋아하는 게 무엇인지 묻는다. 홀든이 하고 싶은 일은 다름 아닌 '호밀밭의 파수꾼'이 되는 것이었다. 세상이 바뀌지 않는다면 절벽으로 떨어질 위험에 처한 아이들을 지켜주는 호밀밭의 파수꾼이 되고 싶었다. 파수꾼을 꿈꾼 사람은 홀든이었지만 오히려 피비가 파수꾼이란 인상을 준다. 휘청거리는 오빠를 잡아주는 동생이 더 듬직하고 어른스럽다. 탐욕스러운 자본주의를 비판하며 순수를 갈망했던 홀든은 훗날 좋은 어른이 되었을까?

샐린저는 순수를 동경하는 어른이었다. 홀든과 피비는 작가가 파수꾼이 되어서 지켜주고 싶었던 순수의 대명사다. 한없이 세상에 냉소적이었던 작가는 이 두 사람에게만큼은 따뜻한 애정을 보낸다. '순수'는 작가 생의 주제와도 같았다. 평생 순수한 삶, 순수한 사랑을 갈망했다. 그래서인지는 몰라도 샐린저는 유독 성인이 되기 직전의 소녀들을 사랑했다. 첫사랑은 유명한 극작가 유진 오닐의 딸, 우나 오닐로 당시 열여섯 살이었던 그녀를 사교 모임에서 만나 연인이 된다. 하지만 우나 오닐은 샐린저가 참전해 있는 동안 찰리 채플린을 만나 결혼한다. 두 사람은 백년해로했기에 그녀의 삶으로 보자면 잘한 선택이었다. 이후 샐린저가 만났던 여자들의 나이는 열여섯 살, 열아홉 살 등 어린 축에 속했다.

한때는 천재 소녀 작가로 이름을 떨쳤던 조이스 메이나드가 〈뉴욕타임스 매거진〉에 발표한 《18살의 자서전》을 읽고, 그녀와 사랑에 빠지기도 했다. 두 사람은 잠시 동거를 했지만 이미 대문호가 된 샐린저와 이제 막 세상에 눈뜬 소녀의 이상은 너무나 달라서 헤어지게 된다. 이 짧은 러브 스토리는 조이스 메이나드의 책《호밀밭 파수꾼을 떠나며》에 잘 나와 있다.

무엇보다 샐린저의 삶이 주목받게 된 것은《호밀밭의 파수꾼》이 폭발적으로 성공하자 외려 종적을 감춰버린 데에 있다. 작가는 마지막 순간까지 은둔의 삶을 살았다. 그 이유에 대해서는 적확하게 알려진 바가 없다. 추측하건대 이해관계로 둘러싸인 각박한 도시에서 '순수'를 유지하며 산다는 것은 불가능에 가깝다. 그래서 샐린저는 속세를 등지고 숲속에 나만의 세계를 만들어놓고, 출판하지도 않을 자신만의 글을 쓰는데 여생을 바쳤던 것인지도 모른다.

작가의 의지와는 상관없이 그가 세상에서 멀어지려 할수록 세간은 더욱더 집중했다. 아웃사이더를 원했던 바람과 달리 막강한 영향력을 끼치는 인사이더가 됐다. 사진 대신 자화상이〈뉴욕타임스〉표지를 장식했고, 우체국에 들렀다가 찍힌 파파라치 사진은 고가에 팔려 나갔다. 존 레논의 암살범 마크 채프먼이 탐독한 소설로 세계의 주목을 받았고, 빌리 조엘, 그린데이 등 수많은 뮤지션들이 콜필드 신드롬에 빠졌다. 빌게이츠가 선택한 단 한 권의 책도《호밀밭의 파수꾼》이다.

홀든과 같은 10대보다 어른들이 더 이 책에 사로잡힌 것은 잃어버린 순수를 되찾고 싶은 마음도 있겠지만, 이유 없는 방황이 아닌 '이유 있는 방황'을 겪어도 위로받지 못하고 스스로 감내해야 하는 '나이의 중압감' 때문은 아니었을까 헤아려 본다.

모든 것들을 부정했던 10대의 사춘기는 강력한 태풍의 예행연습일 뿐이다. 인생이란 사계절에는 크고 작은 악천후가 찾아오고 그때마다 우리는 바람에 맞설지, 등질지, 뚫고 나아갈지 기로에 놓이게 된다. 사춘기와 달리 오춘기, 육춘기는 힘들다는 내색조차 제대로 할 수가 없다. 어른이라는 직책을 가졌기에 참고 견뎌야 한다. 한 번쯤은 대놓고 어린 아이처럼 펑펑 울고 싶었지만 의지와 상관없이 쌓인 나잇값을 하느라 참아야 했다. 무거운 이 삶을 누가 같이 좀 짊어주었으면 싶지만 다른 사람들도 나만큼 버거워 보인다.

내 방황에 다이어트가 필요할 때, 홀든과 피비를 떠올렸다. 고뇌로 둘러싸인 폭풍우의 시기가 괴롭다가도, 수많은 세월 가운데 누군가는 겪었고 또 겪게 될 일이라고 생각하면 이상하리만치 고통의 무게가 한 1킬로그램쯤 감량되는 것만 같았다.

나 홀로 비바람을 맞고 있는 것이 아니다. 홀든이, 피비가, 어떤 누군가는 분명 이 방황을 이해하고 있다. 이 바람이 꽤 차다는 것을 함께 느끼고 있다. 그러니 나는 절대 혼자가 아니라는 그 믿음으로 태풍의 눈을 찾아가야 한다.

먼저 인간들의 행위에 대해 놀라고, 당황하고,

좌절한 인간이 네가 첫 번째는 아니라는

사실을 알게 될 거야.

그런 점에서 보면 넌 혼자가 아닌 거지.

《호밀밭의 파수꾼》, 제롬 데이비드 샐린저 지음. 공경희 옮김,
민음사, 2001. 249쪽.

크게 기뻐할 것도 슬퍼할 것도 없는,
그것이 인생 ____

《사람아 아, 사람아! 人啊, 人!》
다이호우잉 Dai Houying

반가우면서도 어색한 문자였다. 초등학교 동창으로부터 연락이 왔다. 최근에 단체 채팅방을 만들었는데 나를 초대해도 되겠냐는 내용이었다. 그 친구의 얼굴을 떠올려 보고 싶었지만 잘 그려지지가 않았다. 아주 먼 옛날의 사람처럼 느껴졌다. 같은 중학교로 진학한 다른 친구들과 달리 나는 전학을 가게 되면서, 자연스럽게 모두와 연락이 끊겼다. 대학교 때 동창 모임 비슷한 것을 가진 적이 있었으나, 일회성일 뿐 그 이후로는 전혀 소식을 모르고 살았다. 긴 세월이 지났음에도 누군가가 나를 기억하고 있었다는 것이 고마웠다.

모처럼 모인 열댓 명의 동창들은 짧은 근황과 흔한 안부 인사를 주고받았다. 이후 간헐적으로 소소한 일상과 신변잡기들이 오갔는데, 말투에서 얼핏 얼핏 내가 기억하는 그들의 어린 시절 모습들이 묻어 나왔다.

20년의 세월 동안 사람은 변하는 것 같기도, 변하지 않는 것 같기도 했다. 욱하던 성격의 A는 지금도 사소한 일에 성마르게 화를 냈고, 늘 그를 말렸던 B는 똑같이 상황 정리를 자처했다. 재치있는 말로 분위기를 띄우곤 했던 C 역시 여전히 웃음을 담당했다. 나 또한 그때와 마찬가지로 적극적으로 앞에 나서기보다는 대세에 분위기를 맞추는 편을 유지했다.

각자 가진 고유의 성격은 그대로였으나, 한 운동장에서 뜀박질하던 개구쟁이들은 완전히 다른 모습으로 삶이란 레이스를 펼치고 있었다. 서로 "너 정말 그대로다"라고 말하면서도 우린 많이 그것도 아주 많이 변해 있었다. 드물게 '이상'대로 사는 친구가 있었고, 어떤 이는 현실과 타협했으며, 누군가는 생각보다 더 힘든 삶을 살고 있었다. 동창 모임에서는 반가움과 쓸쓸함이 몇 번씩 교차했다. 인생이 얄궂었다. 세월의 풍화작용에 의해 다른 모습으로 다듬어진 친구들을 보는 것은 한편으로는 흐뭇했고 한편으로는 아렸다.

*

다이호우잉의 소설 《사람아 아, 사람아!》에는 총 11명의 동창들이 등장한다. 그들은 문화대혁명을 함께 경험한 대학 학우들이다. 각자 자신의 이야기를 1인칭 시점에서 풀어내기에, 마치 하나의 옴니버스 영화를 보는 것 같은 느낌을 준다. 워낙 다양한 캐릭터들이 나오다 보니 개개인들로부터 한 번쯤은 나 자신의 모습을 발견하게 된다는 점도 이 책의 묘미다.

11명의 인물들 중 가장 주인공에 근접한 사람은 쑨위에다. C시의 중문학부 출신인 그녀는 자신과 성향이 비슷한 허징후에게 끌렸지만, 결혼이 기정사실화된 소꿉친구 자오전후안을 차마 버릴 수 없었다. 정해진 굴레에 따라 결혼을 선택한다. 딸을 낳고 평범하게 살았으나 문화대혁명이 시작됐고 부부는 갈등을 겪게 되면서 이혼을 하게 된다. 거대한 변화의 물결이 개인의 삶을 전혀 뜻밖의 상황으로 밀어 넣었다. 시간이 흘러 어지러운 정국은 정리되었고, 쑨위에는 과거를 묻고 전 남편과 재결합할 것이냐, 허징후와 재회할 것이냐를 두고 기로에 선다.

이 대목은 어릴 적 친구와의 결혼, 문화대혁명으로 인한 사회로부터의 격리, 이혼, 시인 원지에와의 비극적인 사랑, 다시 대학으로 복귀하기까지, 작가 본인의 자전적 삶이 고스란히 담겨있다. 가난한 집안에서 태어난 다이호우잉은 형제들 중 유일하게 고등교육을 받은 딸이었다. 사회주의 덕분에 공부를 할 수 있었으니 응당 나라에 충성해야 한다는 신념으로 젊은 시절을 보냈다. 그러나 소설과 마찬가지로 1966년 문화대혁명이 닥치자 우파로 내몰리며 희생당했고, 남편으로부터 이혼 요구를 받는다. 이 시기에 그녀는 검은 시인이라 불리던 반정부 인사 원지에를 조사하다가 오히려 열렬한 사랑에 빠진다. 그들은 당에 결혼을 신청했으나 중국 정부는 받아들이지 않았고, 여러 차례 항의하던 원지에는 이듬해 자살한다. 쑨위에가 전 남편과 허징후 사이에서 갈등하는 대목은 남편과 원지에 사이에서 번민하던 작가 자신의 자화상이었다.

현실에 영리한 전 남편과 이상주의자 허징후는 정반대의 결을 가진 사람이었다. 고민하는 쑨위에에게 오랜 친구 라이닝은 "정신과 생활을 분리하라"고 조언한다. 직접적으로 말하지는 않았지만 정신은 허징후를, 생활은 전 남편을 의미했다. 학식이 낮은 남자와 결혼한 이 친구는 남편이 자신을 위해서 관심사나 취미를 희생했기 때문에, 그녀 역시 요구 수준(지적인 대화)을 낮추고 만족하는 자세를 배우기 위해 노력했다. 마르크스가 아닌 뜨개질, 대중요리와 같은 실용 서적을 서가에 꽂았다. 내려놓으니 비로소 행복했다. 결혼은 그렇게 조금씩 맞춰가는 것이었다. 물론 쑨위에도 정신과 생활의 분리쯤은 알았다. 다만 이미 한 번 그 구분을 경험해봤기에 망설이는 것이었다. 라이닝도 쑨위에도 그 누구도 틀리지 않았다. 각자 자신만의 방식이 있는 법이니까. 작가는 제각각의 삶들을 똑같이 이해했다.

쑨위에의 상대인 허징후는 《마르크스주의와 휴머니즘》의 출판 여부를 두고 고민한다. 한때 우파분자로 내몰려 학교에서 제적당한 뒤, 20년 동안 전국을 유랑했다. 중간에 학적 복귀 통지를 받았으나, 쑨위에와 자오전후안이 결혼했다는 소식을 듣게 되면서 돌아가지 않았다. 굽힐 줄 모르는 신념을 가졌지만 사랑 앞에서는 한없이 연약하고 순결했으며 답답하리만치 망설였다. 11명의 친구들 중 가장 가난했지만 삶에 대한 만족도가 제일 높은 사람이기도 하다. 이념을 실천하며 살았기에 20년의 떠돌이 생활도 충만한 나날이었다. 남자는 "어떤 길을 걸어도 만족했다. 자신이 만든 길이기 때문이다." 그의 삶은 '내가 사는 것은 다만 잃은 것을 찾는 까닭입니다'(〈길〉 윤동주 시)를 증명하고 있었다. 그는 기어코 자신의 길을 찾았다. 다만 그 길에서 쑨위에만큼은 등장했다 사라지기를 반복했다.

어떻게 보면 허징우는 현실 속 인물이 아니기에 이상주의자일 수 있었다. 주어진 모든 것에 만족함과 동시에 어떤 시련에도 흔들리지 않으면서 일관되게 나아간다는 것은 성인(聖人)의 경지에 이르는 것만큼 요원하다. 누구나 젊은 시절에는 패기롭기 마련이지만, 일평생 청춘의 포부를 안고 살아가기란 만만치 않다.

숱한 밤, 멋진 인생을 살자며 건배를 부르짖던 우리는 어느새 꼬박꼬박 나오는 월급에 감사했고, 부지런히 몸뚱이를 굴려도 아직은 견딜만한 체력을 다행으로 여겼으며, 가족 중 심각하게 아픈 사람이 없다는 것에 안도했다. 한 번쯤은 친구에게 "너 진짜 안녕하지?" 묻고 싶었지만 차마 그러지 못했다. 그저 넉살 좋게 웃었고 말 없는 안부의 눈빛을 건네면서 조용히 응원했다.

중문학부 동창생들이 모인 쑨위에의 집에서도 비슷했다. 그들은 곤경에 허덕이는 친구가 걱정되면서도 위로가 값싼 동정으로 변질될까 내색하지 못한다. 그저 복잡 미묘한 감정들을 숨긴 채 다 함께 건배한다.

그렇다고 이 상황이 마냥 우울한 것도 아니다. 누군가는 이슬처럼 사라져버린 서슬 퍼런 시기를 잘 지나왔다. 지금 우리가 함께 살아있다는 사실이 뜻깊고 중요했다. 더 나은 세상을 만들자며 심장을 불살랐던 동기들은 자유의 쟁취보다 어떻게 해서든 버텨왔음에 감사했다. 작가는 복잡한 이데올로기, 정치적 이념을 떠나 거대한 풍랑 속에서 안간힘을 쓰며 살아내고 있는 사람, '휴머니즘'을 위해 건배한다. 작품을 번역한 신영복 선생 역시 인간과 인간관계를 중심에 두는 휴머니티로 작품의 주제를 설명하고 있다.

어른이 되면 그토록 꿈꿔온 이상대로 살 줄 알았건만, 나와 친구들은 아주 평범하고 시시한 인간으로 살아가고 있었다. 나이를 먹을수록 더 똑똑해지기는커녕 더 어리석어지는 나에게 실망도 한다. 사는 건 행복이 아니라 좀 더 고통스럽거나 좀 덜 고통스럽거나 둘 중 하나가 아닌가 싶을 때도 있다. 하지만 달리 보면 나는 썩 행복한 사람이기도 하다. 크게 기뻐할 것도 크게 슬퍼할 것도 없는 일상과 좋은 사람들이 곁에 있으니까. "인생이란 것은 과거 우리가 상상했던 것처럼 멋진 것은 아니다. 하물며 과거에 상상했던 것만큼 무서운 것도 아니다. 인생은 인생일 따름이다."

예측할 수 없는 시대적 상황과 내 뜻대로 되지 않는 현실에서 우리는 크고 작은 상처를 받고, 하하 호호 실실거리기도 하며, 이렇게 저렇게 맞춰가며 살아간다. 아마 앞으로도 웃다가, 할퀴다가, 등을 돌렸다가, 화해하기를 반복할 것이다. 그렇게 계속되는 것이 삶이다. 좀처럼 끝나지 않을 행복과 불행의 교차로가 만나 인생이란 길이 된다.

ㅁ

"누구나 다 변해 가지.

변하지 않고 있을 수는 없으니까.

저마다 '인간'의 소재(素材)에서부터

진정한 인간으로 변해 가는 거야.

다른 인생길이 다른 인간을 만들어 내고

다른 인간이 또다시 다른 길을 걷기 시작하지.

어떤 길에나 인간이 있고 어떤 인간 뒤에도 길이 있어.

길은 서로 교차되고 인간은 서로 부딪히지.

그것이 인생이야."

《사람아 아, 사람아!》, 다이호우잉 지음, 신영복 옮김,
다섯수레, 1991, 232쪽.

사랑이
고팠던

밤

지구에 불시착한
외로운 외계인

《어린 왕자 Le Petit Prince》
앙투안 드 생텍쥐페리 Antoine De Saint Exupery

누구나 하나쯤은 나만의 여행 수집품이 있을 것이다. 나의
경우 각국의 언어로 된 《어린 왕자》를 모았다. 워낙 좋아하는
책이기도 하고, 160여 개 나라의 언어로 번역된 베스트셀러이
기에 어느 나라에서든 쉽게 구할 수 있다는 장점이 있다. 외국
어를 온전히 이해할 수는 없지만, 다른 글자들이 적힌 같은 제
목의 책들이 꽂혀있는 책장을 스르륵~ 스치노라면 마치 어린
왕자가 여행한 별들을 순회하는 듯한 착각에 빠져들곤 했다.
각자의 언어이되 동일한 의미를 품고 있다는 통일성이 주는 안
정감과 더불어 심심할 때 의식처럼 하는 이 행위가 썩 마음에
들었다.

처음 어린 왕자를 접한 것은 고등학교 1학년 때였다. 첫사랑에 심취해 있던 나는 여우가 어린 왕자에게 알려주는 관계의 미학에 매혹됐다. 여우는 풋내기 사랑꾼이었던 여고생에게 훌륭한 연애 코치였다. "네가 나를 길들인다면 우리는 서로를 필요로 하게 된다"고 했던 여우의 '길들임'은 일종의 키워드와도 같았다. 다른 누군가에게 길들여지고 나 역시 길들임 상대가 될 수 있다는 사실은, 처음 사랑에 눈뜬 새내기에게 일생일대의 발견이었다. 나는 그를 길들이고 싶었고 동시에 그에게 길들여지고 싶어 안달했다. 청춘의 열기는 빠르게 달아오르는 법이었다. 전혀 다른 별에 살던 너와 내가 만나 새로운 행성을 빚어내는 행위에는 '길들임'이 중축을 담당했다. 우리는 점진적으로 서로에게 길들여졌다. 매일 만나게 될 그날을 기다렸고, 평범했던 공원의 벤치가 우리만의 성지로 변했으며, 그 아이가 좋아하는 음악, 책, 영화를 나 역시 탐하게 되었다. 사랑에 빠진 이들에게 길들여짐은 구속이 아닌 구애의 다른 이름이었다.

사랑뿐만 아니라 이 세상 모든 것이 다 그러했다. 어떤 하나와 인연을 맺기 시작하고 시간을 공유하다 보면 어느 순간 세상에서 유일무이한 존재로 거듭났다. 처음부터 특별한 것은 없다. 특별함은 책임과 노력에 의해 새롭게 태어난다. 물론 시련도 찾아온다. 어린 왕자는 유일무이한 줄 알았던 자신의 장미와 똑같은 장미가 수천 송이 넘게 존재한다는 사실을 알고 낙심한다. 여우는 그런 어린 왕자에게 길들여지지 않은 수천 송이의 장미와 일대일의 관계 맺음을 한 까다로운 장미는 같지만 다른 존재임을 일깨워준다. 이것이야말로 '특별함'의 진짜 의미였다. 누군가에게는 한낱 장미에 불과하지만 나에게는 세상 하나뿐인 장미라는 사실은 '길들임'의 정수이자 미학이다.

생텍쥐페리의 인생에도 '장미'와 같은 존재가 있었다. 아내 콘수엘로는 남미 출신의 아름답고 지적인 여성으로 사교계의 꽃이었다. 때로 자유분방한 행동으로 상처를 주기도 했지만 그를 평생 바라본 유일한 여인이기도 했다. 생텍쥐페리 역시 독립적인 성격이었고 비행기 조종사란 직업적 특성상 두 사람은 떨어져 있는 시간이 많았다. 비슷한 두 사람은 서로를 끊임없이 괴롭혔지만 변함없이 사랑했다.

불행히도 뜨거운 열정은 불꽃처럼 짧았다. 생텍쥐페리는 《어린 왕자》를 발표한 다음 해 야간비행을 나갔다가 영영 돌아오지 않았다. 생은 끝났지만 사랑은 끝나지 않았다. 콘수엘로는 사망신고를 하지 않은 채 일평생 남편을 기다렸다.

"내 집은 창문이 활짝 열려 있습니다.
그이가 날아가서 다시는 돌아오지 않는 하늘을 집 안에 들여다 놓기 위해서."

콘수엘로가 말했듯, 창문을 열어두는 한 사랑은 닫히지 않는
다. 사상가이자 종교철학자 마르틴 부버도 읊었다. '네가 너로
있고, 내가 나로 있던 사막에서 너는 내게로 와 우린 만나고 우
린 사랑하고 또 헤어졌지. 하지만 너의 너 됨과 나의 나 됨이 없
는 저 별에서 한 번도 헤어진 적이 없는 우리는 언제나 다시 만
난다.'(〈만남(어린 왕자에게)〉, 마르틴 부버의 시)

*

어른이 된 후《어린 왕자》에 대한 나의 관심사는 관계에서
이탈해 불시착에 착륙했다. 삶이 내 뜻대로 풀리지 않을 때 나
야말로 지구에 불시착한 외로운 외계인이 된 것만 같았다. 어릴
때는 사랑이 고달팠는데 어른이 되니 인생이 고달팠다. 허기와
채움의 되풀이는 인생이란 궤도의 규칙과도 같은 것이었다.

이상과 현실의 경계에서 허무한 삶을 살다가 사막에 불시착
한 비행기 조종사, 그는 무턱대고 양을 그려달라는 이상한 아이
를 만난다. 장미를 돌보다가 지쳐서 여행길에 오른 이 아이는
여행을 통해 여러 사람들을 경험했다. 명령만 내리는 임금이
있는 별, 허영쟁이가 사는 별, 술주정뱅이가 사는 별, 오직 셈만
하는 사업가의 별, 반복적으로 가로등만 켰다 끄는 가로등지기

의 별, 자료를 토대로 책만 쓰는 지리학자의 별을 거쳐 일곱 번째 별, 지구에 도착한다. 이곳은 어린 왕자가 지금까지 만난 모든 사람들의 집합체였다. 상인처럼 덧셈만 하느라 정신이 없었고, 왕처럼 권위를 내세우고 싶어 했으며, 슬픔을 잊기 위해 술을 마셨고 그런 내가 싫어 또 술을 삼켰다.

행성에 등장하는 사람들은 바로 우리의 모습이었다. 권위를 내세우며 셈에 집착했고, 술에 취하느라 자신이 한때 아름다운 꿈을 품은 아이였다는 사실을 기억해내지 못했다. 조종사 역시 사막에 불시착하기 전에는 내면을 들여다볼 시간이 없었다. 그는 여섯 살 때 주변의 만류로 화가라는 꿈을 접어야 했다. 어른들은 그림일랑 집어치우고 실용적인 수학, 지리, 역사에 흥미를 붙이라고 했다.

양을 그러달라고 조르는 어린 왕자는 한때 잃어버린 꿈을 환기시킨다. 절대적으로 고독한 시간의 자오선에 불쑥 나타난 어린 왕자는 남자의 가슴 속에 살고 있는 한 아이를 깨운다.

어린 왕자는 생텍쥐페리의 마음속에 늘 살고 있었다. 1942년 뉴욕의 한 식당에서 점심을 먹던 그는 냅킨에 장난삼아 그림을 그린다. 같이 있던 출판업자 커티스 히치콕이 무엇을 그리느냐고 물었고, 작가는 "그냥 마음에 지니고 다니는 어린 녀석이야"

라고 대꾸한다. 명민한 출판업자는 이 그림을 이야기로 써 볼 것을 제안했고, 그렇게 해서 탄생한 책이 《어린 왕자》다.

생텍쥐페리가 작품을 집필한 나이는 마흔네 살이었다. 어린 왕자는 해가 지는 것을 마흔네 번이나 바라보며 외로워했다. 그에게 44년의 인생은 어떤 모습이었을까. 저물어가는 노을을 보며 곧 찾아올 밤을 떠올렸을까. 다시 한 번 붉게 타오를 인생 2막을 떠올렸을까. 나는 낮과 밤 그 사이의 해 질 녘에 한 번쯤은 불시착을 시도해봄직하다는 메시지를 읽었다. 생텍쥐페리는 잃어버린 순수를 찾으라고 말하지 않았다. 다만 여전히 마음에 어린 아이를 품고 있는 어른들을 위한 동화라고만 밝혔다. 그는 치열하게 살아온 마흔네 살의 어른들에게 불시착을 권한다. 인생의 정점에서 맞이하는 불시착은 삶을 되돌아보게 함과 동시에 나아가게 할 것이다. 물론 불시착은 말 그대로 불안을 동반한다. 그러나 두려워하지 않아도 된다. 그곳에는 어린 왕자가 변함없이 당신을 기다리고 있을 테니.

사막보다 삭막한 현실을 걷고 있는 어른에게도, 이제 막 사랑을 시작한 청춘에게도, 마음의 허기를 달고 사는 당신에게도 어린 왕자는 존재한다. 그러니 지구라는 별에서 혼자라고 외로워하지 않았으면 좋겠다.

잠든 어린 왕자가 나를 이렇듯 감동하게 만드는 것은,
한 송이 꽃에 바치는 그의 성실한 마음 때문이다.
비록 잠이 들어도 그의 가슴속에서 등불처럼 밝게
타오르는 한 송이 장미꽃의 영상이 있기 때문이다.

《어린 왕자》, 앙투안 드 생텍쥐페리 지음, 황현산 옮김,
열린책들, 2015, 97-98쪽.

너를 사랑하는 일이
나의 일이었다

———

《왜 나는 너를 사랑하는가 Essays In Love》
알랭 드 보통 Alain de Botton

도자기를 빚는 여인을 뒤에서 껴안으며 함께 점토를 만지는 장면으로 관객의 심장을 두드린 영화《사랑과 영혼》. 도자기 신이 영화의 명장면이라면 개인적으로 명대사는 '디토(Ditto, 동감)'를 꼽는다. 몰리(데미 무어 역)가 사랑한다고 하면 항상 '디토'라고만 답하던 샘(패트릭 스웨이지 역). 몰리는 왜 '사랑해'가 아닌 '디토'라고만 하냐며 샘을 타박했지만, 이는 둘만 이해할 수 있는 사랑의 또 다른 이름이었다.

괴한의 총에 맞아 죽은 샘이 영혼이 되어 몰리 앞에 나타났을 때, 그 사람임을 확신하게 되는 결정타도 다름 아닌 '디토'였다. 영화 속 연인에게 이 단어는 보통 사람이 생각하는 그 이상의 상징성을 갖고 있었다.

우리 부부에게도 '디토'만큼 로맨틱하지는 않지만 둘만 이해하는 단어가 있다. 그는 가끔 나를 '먹새'라고 불렀다. 영화 〈님아, 그 강을 건너지 마오〉에서 "할아버지는 무슨 새가 좋나요"라는 질문에 "나는 먹새가 좋아요"라고 대답하는 장면이 나오는데, 이 대사가 남편에게는 꽤나 인상적이었는지 그날 이후 나는 '먹새'가 되었다.

많은 연인들 사이에는 둘만의 애칭이 있다. 서로에게 익숙해질수록 그들이 나누는 언어는 사전에 정의된 의미를 넘어서 새로운 말로 재생산된다. 친밀성에 기초한 우리만의 언어가 만들어지는 독특한 현상을 알랭 드 보통은 '라이트모티프(Leitmotiv)'로 명명했다. 악보에서 되풀이되는 중심 악상을 뜻하는 이 단어를 관계를 특별하게 만드는 마법의 언어로 탈바꿈시킨 것이다.

알랭 드 보통의 《왜 나는 너를 사랑하는가》는 딱히 설명하기 힘든 사랑 현상들을 '라이트모티프'와 같은 생경한 단어, 혹은 저명한 석학들의 말을 인용해 철학적으로 설명하고 있다. 소설도 아니고 에세이도 아닌 독특한 형식의 이 책이 오랫동안 사랑받는 이유다.

나는 스물세 살 여름방학 때 대학 도서관을 어슬렁거리다 《왜 나는 너를 사랑하는가》를 발견했다. 지금이야 이런 문장 형태의 제목이 유행이라고 할 수 있을 만큼 쏟아져 나오지만 그 시절만 해도 확실하고 직접적인 질문을 던지는 문장형의 제목이 혼하지 않았다. 더욱이 사랑에는 이유가 없으며 그것이야말로 무결한 사랑이라고 여기던 통념과 달리 '왜'라는 의문문을 붙여서 사랑을 분석했다는 점이 호기심을 불러일으켰다. 당시 작가에 대한 정보가 전혀 없었는데 책날개를 보니 데뷔작이었다. 그는 스물세 살에 《왜 나는 너를 사랑하는가》를 통해 화려하게 세상에 이름을 알렸다. 솔직히 이 대목에서 약간 질투가 났다. 아니 어떻게 20대 초반에 이런 책을 쓸 수 있단 말인가? 나이가 중요한 것은 아니지만 나 같은 평범한 사람은 감히 넘볼 수 없는 필력에 심통이 났다. 신은 재능을 나눠주는 것에 있어서 만큼은 확실히 불공평했다. 길고 나는 작가 지망생들 사이에서 한풀 기가 꺾여있었던 스물세 살의 나는 넘사벽의 그의 재능을 시샘하는 한편 크게 공감하며 부단히 밑줄을 그었다.

*

파리에서 런던으로 가는 비행기에서 나와 그래픽 디자이너 클로이는 5840.82분의 1의 확률로 옆 좌석에 앉게 된다. 지나 쳤을 수도 있을 우연을 운명으로 착각한 두 사람은 사랑에 빠진다. 이보다 더 행복할 수 없는 나날을 이어가지만, 차츰 서로를 알아감과 동시에 불평이 생기고 의심이 쌓이면서 운명은 깨진다. 이별 후 나는 죽을 것처럼 쓰라린 상처를 움켜쥐고 힘들어하지만 곧 새로운 사람을 만난다.

평범한 우리에게도 일어날 법한 지루한 연애가 줄거리의 전부다. 작가는 이 통속적인 연애를 근간으로 마르크스, 비트겐슈타인, 아리스토텔레스 등을 적재적소에 넣어 사랑의 패턴을 분석한다. 책을 번역한 이의 말처럼 알랭 드 보통은 다른 이의 입을 빌려 이야기를 잘하는 사람이다. 연애담과 철학을 유머러스하게 교차한《왜 나는 너를 사랑하는가》는 생활 밀착형 사랑 개론서다. 대체 사랑, 너란 녀석은 무엇인지 작정하고 실체를 따져보자는 듯 만남에서 이별에 이르는 과정을 체계적으로 설명하고 있다.

아무것도 '모르는 상태'에서 사랑은 시작된다. 그 누구도 덮을 수 없는 콩깍지가 전제조건이다. 우리는 그 사람이 누군지 잘 모르는 채로 사랑에 빠지고, 너무 잘 알게 되면 실망하고, 그것을 극복할 수 없어서 헤어진다. 헤어진 후에는 미친 듯이 슬프지만, 시간이 지나면 언제 그랬냐는 듯 상처가 아문다. "관계의 끝이 반드시 사랑의 끝은 아니며, 더군다나 삶의 끝일 가능성은 거의 없다는 것을 아는 연인에게는 그런 위안이 없다."

사랑에 빠졌을 때도, 이별이 힘들 때도, 또 다른 사랑을 기다릴 때도 페이지를 넘기며 '맞아, 그래, 내 이야기야!' 하며 고개를 끄덕였다. 그 사람의 전화를 기다리며 애가 탈 때는 "전화는 전화를 하지 않는 연인의 악마 같은 손에 들어가면 고문 도구가 된다"는 문장이 답답한 마음을 긁어 주었고, 다시는 사랑 따위 안 할 거라고 다짐해놓고 또 사랑을 시작한 내 마음은 "사랑에 빠지는 일이 이렇게 빨리 일어나는 것은 아마 사랑하고 싶은 마음이 사랑하는 사람에 선행하기 때문일 것이다"가 설명해주었다.

쉽게 빠지는 것만큼 쉽게 잊히는 사랑의 속성을 읽고 있자면 덧없음에 신물이 날 법도 한데 역으로 책은 사랑을 부추긴다. 변덕을 본능적으로 타고나서 자기 멋대로인 사랑이 뭐가 좋다고 또 한 번 기대를 걸어보게 한다.

인도의 시인 카비르는 〈애초의 시〉를 통해 물었다. "달새의 머리는 온통 달에 대한 생각만으로 가득 차 있다네. 우리가 온 생애를 바쳐 사랑하는 그는 누구인가?" 달만 생각하는 것이 달새의 일이라면 그대를 사랑해야 하는 일은 나의 일이다. 우리는 전 생애에 걸쳐 사랑할 수밖에 없는 종(種)이다. 사랑하지 않는 것은 인간의 직무유기다. 그러니 오늘도 사랑.

사랑이 없으면

우리는 제대로 된 정체성을 소유할 능력을 상실한다.

사랑 안에서

자아가 지속적으로 확인되기 때문이다.

《왜 나는 너를 사랑하는가》, 알랭 드 보통 지음, 정영목 옮김,
청미래, 2007, 144쪽.

그 여자의
첫사랑 기억법

《그 남자네 집》
박완서

가끔 그런 상상을 할 때가 있다. 아주 우연히 길거리에서 첫
사랑을 만나게 된다면 어떤 기분일까? 그 아이는 내가 기억하
는 모습 그대로일까? 아니면 세월을 정면으로 맞은 아저씨가
되어 있을까?

지금은 그의 얼굴도 정확히 그려지지가 않는다. 마르고 성미
가 까다로워 보였던 이미지만이 뿌옇게 떠오른다. 생김새는 입
김이 서린 창문마냥 흐릿하지만 우리가 공유했던 음악이나 책
같은 것들은 하나같이 또렷하게 기억이 난다. 신해철과 비틀스
를 들었고, 무라카미 하루키를 읽었다. '봄날의 곰만큼 네가 좋
아'라든지, '호랑이 버터가 녹아내릴 만큼 네가 좋아'와 같은 지

금 생각하면 손발이 오그라드는 것도 모자라 사라져버릴 것 같은 그런 구절들을 담은 연애편지를 주고받았다. 미대를 지망했던 그는 목공예를 제법 잘해서 곧잘 나무를 깎아 내게 뭔가를 만들어주었고, 눈이 소복하게 내린 날이면 우리 집 앞 놀이터에 눈사람을 세워 놓고 정작 자신은 슥~ 가버리는, 츤데레 같은 낭만적 행보로 무려 20여 년이 지난 지금도 내가 자신을 기억하게 만들었다.

꽤나 낭만적이었던 내 첫사랑도 뻔한 이별로 끝났다. 때로 달달했지만 평소에는 표현에 인색했던 그 아이의 마음을 몰라 답답했다. 성격 자체가 무뚝뚝한 탓도 있었지만 만나는 내내 지푸라기 인형을 붙잡고 있는 것 같다는 기분을 떨쳐낼 수가 없었다. 원하는 사랑을 받지 못할 바에야 차라리 일찍 단념하는 편이 나을 것 같았다. 혼자 상대의 마음을 판단하고 내팽개쳐 버렸지만 사랑도 처음이었던 만큼 이별도 처음이었다. 툭하면 눈물을 훔쳤다. 학교에서 도시락을 먹다가 방송반에서 나오는 신해철 노래에 눈물을 쏟았고, 밤이 되면 토이의 〈거짓말 같은 시간〉을 워크맨으로 들으며 이 시간이 꿈이기를 바랐다. 그러다 정신이 나간 듯 받았던 편지들을 펼쳐놓고 읽고 또 읽다 지쳐 잠이 들곤 했다. 눈물은 흘러도 흘러도 고갈되지 않았고 그리움이 그리움을 베어 물어 나는 앙상해져갔다. 언제 끝날지 모를 슬픔 속에 몇 달을 고통스럽게 머물렀다.

지금 생각하면 사랑이 뭣이 중해서 목숨을 걸었나 싶지만 당시 이별은 엄청난 시련이었다. 억장이 무너져 내린 듯 마음이 애달팠다. 그만큼 그때의 나는 순수했다.

첫사랑이 소중한 것은 처음이라는 상징적 의미도 있지만 무엇보다 사랑에 진실했던 내 마음 때문일 것이다. 두 번째, 세 번째 사랑에는 처음만큼의 순정을 주지 못했다. 첫사랑은 다시는 갖지 못할 '아련한 순수의 결정체'였다.

*

박완서의 《그 남자네 집》 속 그 여자에게도 눈부신 첫사랑이 있었다. 주인공은 6·25전쟁으로 말미암아 집안의 가장이 되어 힘겨운 나날을 살아간다. 실낱같은 희망조차 찾아볼 수 없었던 그녀 앞에 상이군인으로 전역한 청년이 나타난다. 전쟁 전에는 남부러울 것 없는 집안에서 사랑만 받고 자란 막내아들이었지만, 참전의 상흔은 인생을 본의 아닌 방향으로 추락시켰다. 여자한텐 한없이 다정한 남자였지만, 홀로 남은 노모에게는 패악을 부렸다. 어머니만 없다면 인생이 얼마나 자유로울까 싶어 숨이 턱턱 막혔다.

여자 역시 자기만 바라보고 있는 가족들 때문에 답답하긴 마찬가지다. 식구들을 부양하기 위해 미군 부대에 취직해 돈을 벌었지만, 살림은 날로 남루해져 갔다.

현실을 잊을 수 있는 순간은 그를 마주할 때뿐이었다. 만남을 기다리는 일상마저 황홀했다. 누구보다 이 남자는 나를 애지중지했다. 평범하다고 생각했던 나를 특별하게 만드는 법을 용케도 잘 알았다. "그는 여자를 구슬 같다고 했다. 구슬 같은 눈동자, 구슬 같은 눈물, 구슬 같은 이슬, 구슬 같은 물결… 어디다 붙여도 그 말은 빛났다."

정지용의 시를 읊고 독일 가곡 〈보리수〉를 들려주는 남자와의 시간은 현실의 것이 아니었기에 더욱 아슬아슬한 몽환의 순간이었다. 사랑이란 화려한 폐허를 딛고 가까스로 버티던 여자는 결국 현실을 택한다. 맞선을 본 돈 많은 상대와 결혼을 결심한다. 그녀는 자신이 없었다. 나와 너무 닮은 사람, 같은 상처를 안고 있는 그와 생활을 꾸려나갈 용기가 없었다. 여자를 불안하게 만든 것은 땅에서 약간은 떠 있는 남자의 나약한 영혼이었고, 자신이 이를 감당하지 못할 것임을 너무나도 잘 알았다.

50여 년 뒤 여자는 그 남자의 집을 찾아간다. 마당의 보리수나무만이 무성한 채 빈집을 지키고 있을 뿐, 청년은 이미 세상을 등지고 없었다. 풍문으로 들려오는 그의 인생은 융성하지 않았다고 한다. 여자는 물밀듯 회한을 느끼며 말한다. "실컷 젊음을 낭비하려무나. 넘칠 때 낭비하는 건 죄가 아니라 미덕이다." 충고는 후회에서 나온 것이겠지만 청춘으로 돌아간다 해도 여자는 불안한 남자로부터 도망쳤을 것이다. 쓸쓸함 끝에

뒷맛처럼 남는 달콤한 여운. 떠나온 첫사랑은 그런 존재였다.

일부를 제외하고 대부분의 첫사랑은 실패한다. 그렇기 때문에 우리는 첫사랑이란 단어만 들어도 가끔 심장이 쿵~ 하고 내려앉는 것인지도 모른다. "첫사랑이란 말이 스칠 때마다 지루한 시간은 맥박치며 빛나기 때문이다." 첫사랑은 다시 오지 않을 지나간 젊음의 대명사 같은 것이다. 이 단어에는 젊음, 청춘, 꿈, 무엇보다 눈부셨던 내가 있다. 그 여자의 말처럼 우리 모두에게는 감정이 넘치는 시절이 있었다. 한 시대를 지나온 대작가는 사랑할 수 있는 모든 조건을 갖추었던 그 시절을 만끽하라고 권한다. '젊음이 차고 넘칠 때 사랑하고 또 사랑하는 것은 죄가 아니라 미덕이라고.'

그때 더 많이 사랑하지 못했음이 아쉽지만, 그 시절로 다시 돌아가고 싶지도, 길거리에서 우연히 첫사랑과 재회하고 싶지도 않다. "그리워하는데도 한 번 만나고 못 만나게 되기도 하고, 일생을 못 잊으면서도 아니 만나고 살기도 한다"고 했던 피천득의 〈인연〉처럼 청춘도 첫사랑도 실은 아니 만나서, 돌이킬 수 없어서 빛나는 것이다. 첫사랑에 한해서만큼은 '그리움'이 슬픈 것이 아니다. 때로 그 막연한 아릿함이 각박한 삶을 살아가는 현실의 나를 적실 때가 있다. 까만 밤하늘 가운데 그리운 사람 하나 없는 별은 너무 시리다.

정답이 나오면 비밀은 없어진다.

나는 그렇게 초라해지고 싶지 않다.

인생이 살만한 건 정답이 없기 때문인 것을.

《그 남자네 집》, 박완서 지음,

현대문학, 2004, 101쪽.

내 사랑은
유죄였다

_____

《책 읽어주는 남자 Der Vorleser》
베른하르트 슐링크 Bernhard Schlink

누구에게나 비밀은 있다. 사랑하는 연인에게도 친구에게도 가족에게도 말 못할 비밀은 존재한다. 정말 상대를 사랑한다면 그 비밀을 끝끝내 모른 체하며 지켜주는 것이 맞을까. 어떻게 해서든 밝혀내어 양지로 이끄는 것이 맞을까.

자신의 문맹을 고백하는 것이 감옥에 갇혀 사는 것보다 두려웠던 한나. 이 비밀을 밝히느냐 숨기느냐의 기로에 놓인 연인 미하엘을 보며 자문해보았다. 과연 나라면 어떤 선택을 했을까?

독일 현대문학 가운데 귄터 그라스의 《양철북》 이후 처음으로 미국 전역에서 베스트셀러가 된 베른하르트 슐링크의《책 읽어주는 남자》는 다각도의 질문을 던지는 책이다.

같은 이유로 대학원 문학 시간에 이 책이 비평 토론 교재로 사용된 적이 있었다. 교수가 제시한 키워드는 '나치에 대한 반성, 전쟁 세대와 전쟁 후 세대의 갈등과 융합, 무지로 인해 저지른 잘못을 어떻게 처벌할 것이냐'였지만, 학생들은 오히려 한나의 비밀을 지켜주는 것이 사랑이냐 아니냐를 두고 의견이 분분했다. 교수의 의도를 완전히 뒤엎은 것이었지만 책이 갖는 함의가 그만큼 폭넓다는 뜻도 될 것이다. 나 역시《책 읽어주는 남자》를 몇 번이나 읽었고 영화화된 〈더 리더〉도 봤지만 정치적 이념, 신·구세대의 조화보다는 이루지 못한 사랑으로 읽을 때 감동이 더 크다는 데에 생각의 변함은 없다.

＊

사랑의 무대는 전쟁의 상처가 채 아물지 않은 1950년대 말 서독 하이델베르크. 주인공은 열다섯 살 미소년 미하엘과 서른여섯 살 전차 안내원 한나. 우연한 둘의 만남은 곱절이 넘는 나이 차이를 뛰어넘어 대담한 육체적 관계로 발전한다. 이 단계에서 빠지지 않고 동반되는 행위가 책 읽어주기다. 책 읽기와 샤워, 사랑이 한동안 유지되고 두 사람은 그 안에서 평온했다. 특히 남자가 여자에게 책을 읽어주는 모습은 법대 교수로서 추리 소설을 주로 써온 작가의 이력이 무색할 만큼 낭만적으로 묘사된다.

얄궂게도 언제나 아름다운 순간은 찰나다. 처음부터 이 만남은 엔진이 고장 난 비행기가 부력으로 공중을 나는 활공 비행에 불과했다. 불현듯 한나가 사라지면서 불안한 비행기는 추락하고 만다.

미소년과 성인 여성이라는 파격적인 설정 탓에 풋내기 남자의 첫사랑, 혹은 성숙한 여인을 통한 한 남자의 성장기로 다음 과정을 유추해볼 수도 있지만 이야기는 전혀 다른 방향으로 이어진다.

몇 년 후 두 사람은 다시 만난다. 다름 아닌 법정에서였다. 법학을 전공한 미하엘은 아우슈비츠 관련 재판에 참관하는데, 피고인석에 한나가 앉아 있었다. 뒤늦게 알게 된 한나의 직업은 아우슈비츠 수용소의 여자 교도관이었다. 그녀는 글을 읽지 못한다는 사실이 알려질까 두려워 자신에게 뒤집어 씌워진 모든 죄를 수긍하고 종신형을 선도 받았다. 미하엘은 한나를 도와주고 싶었지만, 아버지는 내가 좋다고 생각하는 것과 타인이 중요하다고 생각하는 것의 가치는 다를 수 있다며 섣부른 개입에 선을 긋는다. 누명을 벗는 것이 우선이었던 미하엘과 달리 한나에게는 자존심이 먼저였다. 아버지는 바로 이 지점을 말하고 있었다.

누구에게도 알리고 싶지 않은 비밀이란 것은 대체로 자신의 약점이거나 무척 소중한 무엇이기에, 미하엘은 한나의 의견을 존중하는 쪽을 택한다.

이 대목은 출간되자마자 독일 사회에 엄청난 파장을 불러일으켰다. 과연 문맹이라서 모르고 가담한 나치 행적에 면죄부를 줄 수 있느냐는 것이었다. 종전 직후 과거 청산이 이루어질 때 많은 독일인들이 나치의 극악무도한 행위에 대해 모르쇠로 일관했다. 유대인 수용소에 참관한 주변 마을의 주민들은 짜 맞춘 듯 입을 모아 말했다.

"우린 몰랐어요. 정말 몰랐다니까요."

철학자 한나 아렌트가 주장한 '악의 평범성'과 연관되는 부분이다. 소설 속 한나는 지난 행동에 대해 반성하지 않았다. 오히려 자신의 문맹을 숨기는 데에만 급급했다. "자신이 무엇을 할 수 있는지를 보여주기 위해서가 아니라 자신이 무엇을 할 수 없는지를 숨기기 위해서 늘 싸우고 또 싸워왔다."

그녀는 자신만의 방을 지어놓고 그 안에만 있는 사람이었고, 미하엘조차 그 문을 열고 들어갈 수 없었다. 연인을 도와주지 못했다는 죄책감에 시달리던 남자는 다시 책을 읽어주는 것으로 속죄를 시도한다. 책을 녹음한 카세트테이프를 꾸준히 감옥으로 보냈다.

그러기를 4년째, 한나로부터 짧은 편지를 받는다. 드디어 글을 깨우치게 된 것이다. 물론 미하엘은 뛸듯이 기뻤지만, 글로써 자신의 마음을 표현하지 않았다. 답장을 기다렸던 그녀의 바람과 달리 아무것도 쓰지 않는다. 그저 지금껏 했던 대로 녹음테이프를 전달한다. 그는 "책을 읽어주는 것은 그녀에게 이야기하는, 그리고 그녀와 이야기하는 내 나름의 방식이었다"라고 말할 뿐이다. 일방적으로 한나를 대하는 미하엘의 모습에서 우리는 이 사랑의 비극적 결말을 유추해볼 수 있다. 한나는 성인이 된 미하엘도 변함없이 사랑했지만, 미하엘은 과거 속 젊은 한나만을 기억했다. 그의 행동은 연정보다는 일종의 책임감에 가까웠다. 변해버린 남자에게 여자는 말한다. "꼬마야 너 많이 컸구나."

한나는 18년간의 수감생활 끝에 드디어 사면을 받는다. 출소 하루 전날 밤 두 사람의 마지막 통화에서 그녀의 목소리는 여전히 젊었다. 남자는 살풋 들떴다. 평생 짊어지고 살았던 죄책감을 떨쳐낼 수 있을지도 모른다. 옛 연인의 정착을 위해 거처를 알아보고 사회 적응 프로그램도 찾아본다.

새로운 출발에 대한 미하엘의 기대와 달리 한나는 다음날 동이 틀 무렵 스스로 목을 맨다. 그녀는 자신에게 사랑보다 책무를 느낀 미하엘을 원망했을까. 혹은 그의 부담을 덜어주고 싶었던 것일까. 풍파에 늙어버린 모습을 젊은 연인에게 보여주고 싶지 않았던 것일까. 아니면 지난 과오를 자살로서 속죄하고 싶었던 것일까. 유서 한 장 남기지 않았기에 수많은 의문들은 그녀와 함께 한 줌의 재로 묻혔다. 묘소를 찾은 미하엘은 자신도 마찬가지로 죄인이라고 느낀다. 한나를 일평생 사랑하면서 끊임없이 부정했다. 지울 수 없는 주홍글씨와 같은 사랑이었다.

이 지점에서 우리는 또 한 번 의문을 재기할 수 있다. 잘못을 저지른 사람은 한나인데, 왜 미하엘이 고통받아야 할까. 부모 세대가 저지른 나치 행적을 왜 자녀 세대들이 책임져야 하느냐는 여전히 독일 사회의 뜨거운 감자다.

시대가 바뀌었다. 나치 역사에 권태를 느끼고 지겨워하는 세대들이 등장하고 있다. 작가는 그럼에도 우리는 역사를 함께 짊어지고 가야 함을, 추모와 반성의 문화를 조성해야 함을 일평생 한나를 끌어안고 가는 미하엘을 통해 나직이 말한다.

미하엘은 차가운 육신에서 30대의 그녀를 떠올렸다. 그에게는 한결같이 아름다운 여자였다. 찬란했던 사랑의 기억 앞에 객관적인 시·공간은 소모품일 뿐이다. 남자는 여자를 잊지 않기 위해 둘의 이야기를 글로 쓰기 시작한다. 평생 책을 읽어주었지만 정작 그녀의 마음을 읽지는 못했다. 후회 없이 사랑하지 못해서 미련이 남았다. 때로 미완성은 그리움이란 옷을 입고 영원성을 갖는다.

역사적 논쟁을 덮고 사랑의 차원으로만 봤을 때 미하엘은 유죄다. 사랑했지만 그녀를 온전하게 헤아리지 못했으므로 가중죄 역시 해당된다. 뜨겁게 사랑했으나 이루지 못한 생의 사랑은 무기징역을 선고받았다. 그는 그녀라는 감옥에서 영영 헤어나오지 못할 것이다.

해가 길어지기 시작했을 때

나는 황혼 속에서 그녀와 함께 침대에 머물고 싶어서

더 오랫동안 책을 읽었다.

그녀가 내 몸 위에서 잠이 들고,

마당의 톱질 소리도 잠들고,

지빠귀의 노랫소리가 들려오고,

그리고 부엌에 있는 물건들의 색깔 중에서

약간 밝거나 약간 어두운 잿빛 색조만이 남게 될 때면,

나는 이 세상에서 가장 행복했다.

《책 읽어주는 남자》, 베른하르트 슐링크 지음, 김재혁 옮김,
시공사, 2013, 61쪽.

낙관적 희망을
버릴 수 없는 이유

———

《위대한 개츠비 The Great Gatsby》
F. 스콧 피츠제럴드 F. Scott Fitzgerald

가진 것이 별로 없었던 시골뜨기는 서울이란 대도시에서 무엇이든지 내 손에 쥐어보고 싶어 아등바등했다. 언제나 늦었던 퇴근길, 버스를 타고 여의도에서 서강대교를 건널 때마다 창밖으로 도시의 불빛을 내다보았다. 이토록 밝은 빛들이 휘영청한데 왜 내 것은 하나도 없을까? 저 빛은 대체 어떤 사람들이 갖는 것일까? 몸은 고단했고 마음은 고독했다.

서울의 불야성은 내가 아닌 한강 너머 다른 사람들의 것이었다. 여의도로 출근만 해도 소원이 없었던 취업준비생은 어느새 불빛을 욕망하는 사회인이 되었다. 다행인지 불행인지 서울이라는 미친 집값의 도시에서 나만의 빛을 갖게 되는 것은 취업 관문보다 더 어렵다는 것을 이내 알게 되었다. 아마 영영 가지지 못할, 노랫말 그대로 저 푸른 초원 위의 그림 같은 집이다.

그저 다리 하나만 건넜을 뿐인데 내가 사는 집은 낮았고 좁았으며 동네 사람들의 옷차림조차 달랐다. 가끔 촬영으로 연예인이나 유명 인사들의 집에 갔다가 돌아오는 날이면 더욱더 가닿을 수 없는 위화감으로 침잠했다. 그들은 하나같이 맞추기라도 한 듯, 강이 보이거나 차 없이는 올라가기 힘든 가파른 언덕 위에 살았다.

견고하게 존재하는 그들만의 리그에 들어가기를 갈망했던 것은 아니다. 부럽거나 동경하는 마음이 동하지는 않았다. 다만 그 공간에서 위축되는 내가 싫었다. 화장실 손잡이마저 황금색으로 반짝거려 지문을 남기는 것조차 송구스러웠던 으리으리한 집은 방문자의 기를 한껏 꺾어놓았다. 문고리닷컴에서 구매한 싸구려 손잡이 문을 열고 들어올 때면 방에서 비루한 공기가 떠다녔다. 서울은 사람을 초라하게 만드는 심술 맞은 재주를 가진 도시였다.

*

F. 스콧 피츠제럴드의 《위대한 개츠비》에는 태생적으로 가닿을 수 없는 저 너머의 초록 불빛을 잡고 싶었던 한 남자가 등장한다. 첫사랑을 되찾기 위해 이미 유부녀가 된 그녀의 집 반

대편에 저택을 산 개츠비, 그녀의 집 잔교(棧橋) 끝에는 언제나 초록색 등이 켜져 있다. 그는 매일 밤 여자의 집 쪽에서 새어 나오는 초록 불빛을 바라보며 손에 쥐고 싶어 안달복달한다.

개츠비는 신분 차이로 이루지 못한 첫사랑을 완성하고자 5년 만에 신흥부자가 되어 나타났다. 그가 어떻게 해서 부를 이루었는지 정확히 아는 사람은 없다. 마피아였다느니, 무기거래상이라느니 소문이 무성했지만 확실한 것은 현재는 엄청난 부자라는 점이다.

여기서 흥미로운 대목은 소설의 공간을 두 곳으로 나눈 구도에 있다. 명문가 출신의 데이지와 톰의 집은 '붉은색과 흰색을 주조로 한 조지 왕조 양식에 프랑스식 창문을 하고 만(灣)이 내려다보이는 곳'에 자리했다. 전통부자들이 사는 이스트에그다. 만 건너편 웨스트에그에 자리한 개츠비의 집은 '어느 모로 보나 엄청난 대저택이었는데 노르망디 시청을 그대로 본떴다.' 취향이 반영된 것이 아니라 있어 보이게끔 흉내만 내서 만든 집이었다. 졸부였던 개츠비는 태생적 부자들에게서 느낄 수 있는 부와 함께 상속되는 '품위'가 없었다.

한 떨기 꽃과 같은 데이지를 처음 만났을 때 그는 무일푼의 청년이었다. 금수저였던 그녀는 '하얀 궁전의 공주'였고, 개츠비가 전쟁으로 떠나 있는 동안 비슷한 명문가 출신의 톰과 결혼을 해버렸다.

이 부분은 작가 피츠제럴드의 실제 삶이 투영되어 있다. 가난한 아일랜드계 미국인이었던 그는 미국에 이민 온 아일랜드 촌놈이란 콤플렉스를 떨치지 못했다. 친척들의 도움으로 프린스턴 대학을 다녔지만 중퇴했고 제1차 세계대전에 참전한다. 군 복무 당시 대법원 판사의 딸인 젤다 세어와 사랑에 빠지지만 미래가 불투명하다는 이유로 거절당한다. 바로 이 스토리가 고스란히 《위대한 개츠비》에 담겨있다. 이후 그는 광고 회사에 다니다가 다시 집필에 전념했고, 《낙원의 이쪽》이 큰 반향을 일으키면서 작가로 인정받게 됨과 동시에 헤어진 젤다와도 재결합한다.

작가의 사랑은 성공적이었지만 우리의 위대한 개츠비는 뜬 구름만 잡다가 영영 하늘 위로 날려버린 형국이 된다. 의외로 순진했던 이 남자는 오로지 돈의 벽만이 둘을 갈라놓았다고 착각했다. 모든 것을 되찾을 수 있는 방법은 자신 역시 부자가 되는 것이라고 믿었다. 물불 가리지 않고 부를 축적한 뒤 매일 성대한 파티를 열어 데이지와 재회할 날만을 호시탐탐 노렸다.

기회는 생각보다 빨리 찾아왔다. 서부 출신의 엘리트이자 데이지의 사촌인 닉 캐러웨이를 알게 되면서, 그의 도움으로 두 사람은 다시 만난다. 이 눈물겨운 5년 만의 재회에서 데이지는 개츠비의 순정보다 한 번도 보지 못한 아름다운 셔츠에 반해 눈물을 흘린다. "너무 슬퍼. 한 번도 이렇게, 이렇게 아름다운 셔츠들은 본 적이 없거든." 안 가본 데가 없고 좋은 것만 보며 살아온 데이지는 돈으로 충만한 목소리를 가지고 있었다. 물질적으로 안정된 삶 속에서 별다른 목표 없이 하루하루를 허비하며 사는 그녀는 딸에게도 무언가를 배우기보다는 "오히려 바보가 되는 편이 낫다"고 가르친다. 남편 톰이 자동차 정비공 윌슨의 아내 머틀과 외도 중이라는 것도 알았지만, 현상 유지를 위해서 애써 외면한다.

고민은 삶을 방해하기만 할 뿐이라며 목표 없이 무상하게 사는 데이지는 개츠비가 매일 그려왔던 꿈속의 여인이 아니었다. 겨우 이런 여자를 위해 5년을 달려온 것일까. 이 역시 그녀의 잘못이라기보다는 닉의 독백처럼 "개츠비 자신이 만들어낸 환영이 너무나 거대했기 때문"이다. 《위대한 개츠비》를 번역한 김영하 작가의 설명을 덧붙이자면 "데이지는 사랑 그 자체와 사랑에 빠졌고 개츠비는 자기 자신의 이미지와 사랑에 빠졌다. 그들은 서로를 사랑한다고 믿고 있지만, 실은 자기 자신을 사랑하고 있는 것이다."

서로 다른 방식의 사랑이 이루어질 리는 없었다. 데이지의 남편 톰이 예사롭지 않은 둘의 기류를 눈치챘고, 무더운 여름

날 데이지 부부와 개츠비는 호텔에서 시간을 갖게 된다. 서로를 경계하던 두 남자는 말다툼을 하게 되고 신경이 날카로워진 데이지는 나가버린다. 그녀는 운전대를 잡았고 뒤따라 나온 개츠비가 동승한다. 흥분한 상태로 난폭 운전을 하던 데이지는 돌이킬 수 없는 사고를 저지른다. 사람을 친 것이다. 사망자는 다름 아닌 남편 톰의 내연녀였던 머틀이었다. 그녀는 즉사했고 데이지는 충격에 휩싸인다.

뺑소니 사고를 기점으로 개츠비와 데이지 사이에 잠시 오갔던 교감은 사라진다. 지극히 현실적인 여자는 자신을 지켜줄 권력을 쥔 남편을 선택한다. 톰은 데이지의 면피를 위해 계략을 세운다. 정비공 윌슨에게 잘못된 정보를 흘린다. 남자는 이를 그대로 믿고 아내의 정부이자 살인자를 개츠비로 오해한 나머지 그를 죽이고 자신도 죽는다. 얄팍한 사랑에 모든 것을 건 개츠비는 재즈 가수 빌리 홀리데이가 노래했듯 바보 같은 사랑을 했다.

I'm a fool to want you

To want a love that can't be true

난 바보에요, 당신을 원하다니

한 사랑을 원하다니, 진짜일 리 없는데…

미련하게 맹목적으로 한 사람을 사랑한 대가는 어처구니없는 죽음이었다. 웨스트에그를 떠들썩하게 했던 신흥부자 개츠비의 장례식은 아버지와 닉만이 참석한 채 쓸쓸히 치러졌다. 엄청난 파티로 시작하는 서문과 조촐하기 짝이 없는 마지막은 대조적이다. 데이지는 조문조차 하지 않았다. 상류층이었던 톰과 데이지는 뻔뻔하게 자신들의 자리를 지킨 반면 하류층이었던 윌슨과 머틀 부부, 개츠비는 소리없이 사라졌다.

피츠제럴드의 인생 역시 결말이 아름답지는 못했다. 작가로 대성한 이후 유럽과 미국을 오가며 무질서한 삶을 살았다. 《위대한 개츠비》 이후 내놓은 작품들이 번번이 실패하면서, 알코올 중독자가 되었고 아내는 신경쇠약을 앓았다. 끝끝내 펜을 놓지는 않아서 시나리오 작가로 재기에 성공하는 듯 보였으나 심장마비로 세상을 뜬다. 여러모로 피츠제럴드와 개츠비는 평행이론을 보는 듯 궤적을 같이 한다. 아는 것과 행동으로 옮기는 것이 일치하기란 의외로 쉽지 않다. 피츠제럴드는 폭주하는 욕망의 기차, 그 끝을 알고 있었음에도 내릴 수 없었고 자멸했다.

과연 그들은 무엇을 향해 달려갔을까? 개츠비가 그토록 갈망했던 강 건너 빛나는 초록 불빛은 신분 상승의 욕망이자 아메리칸 드림의 상징이었다. 일평생에 걸쳐 이 빛을 쥐고 싶었지만 그것은 존재하되 잡을 수 없는 것이었다.

제1차 세계대전 이후 신흥 강국으로 부상한 미국에는 물질 만능주의가 팽배했다. 일시적 경제 호황으로 돈을 업은 사람들은 전쟁 후유증을 달래고자 향락을 향유했다. 동시에 빈익빈 부익부는 풍선처럼 부풀어 오르고 있었다. 데이지, 톰과 같은 기득권층은 부와 위치를 더욱 탄탄히 했고, 개츠비처럼 기회를 잡은 신흥세력들은 한껏 욕망을 불태웠으며, 머틀로 대표되는 하층민들은 변함없이 힘든 시기였다.

또 다른 측면에서 보자면 데이지와 톰은 유럽 전통 강대국을, 개츠비는 신흥국 미국을 상징한다. 지극히 미국적인 캐릭터, 개츠비에게 사람들은 열광했다. 지금도 《위대한 개츠비》는 미국인이 사랑하는 소설 상위권에 이름을 올리고 있다. 개츠비는 포기하지 않았다. 벽이 높다고 돌아가지 않았다. 무조건 정면 돌파를 시도했다. 이상을 향해 나아가는 야심가이자 무모하리만치 사랑에 목숨을 걸었던 순수한 이 남자는 자본주의 시대의 마지막 순정남이었다.

격변과 기회의 시대, 어떻게 해서든 살아남고자 고군분투했던 개츠비는 오늘날에도 존재한다. 정도의 차이일 뿐 우리 모두에게는 더 나은 삶에 대한 욕망이 있다. 손에 잡히지 않는 그 무엇을 향해 달려가는 일이 허망할 수 있음을 안다. 그렇지만 나아간다. 나만의 초록 불빛을 갖고 싶은 밑도 끝도 없는 낙관적 희망을 버릴 수가 없다. 그것만이 화려한 불빛 앞에 꺼져가는 나를 일으켜 세우는 유일한 등불이기에….

◇

그러므로 우리는 물결을 거스르는 배처럼

쉴 새 없이 과거 속으로 밀려나면서도

끝내 앞으로 나아가는 것이다.

《위대한 개츠비》, F. 스콧 피츠제럴드 지음, 김영하 옮김,
문학동네, 2009, 225쪽.

평생 다 읽지 못할 책,
'결혼'

《운명과 분노Fates and Furies》
로런 그로프Lauren Groff

오늘도 한바탕 부부싸움을 끝냈다. 결혼이란 제도권으로 묶인 관계는 환상이 아닌 현실이기에 생활의 암초에 부딪혀 악다구니를 쓰는 일이 잦았다. 성격이 비슷했던 우리는 공통분모에 이끌려 결혼까지 하게 됐지만 닮은 듯 다른, 좁힐 듯 좁혀지지 않는 그 한 끗 차이가 싸움의 원인을 제공했다. 그럴 때면 남편은 성마르게 화를 냈고 나는 성냄을 못 참는 그 성격에 반응해 부아가 났다.

주장을 관철시키려 고래고래 고성을 지르는 모습은 내가 봐도 형편없었다. 쉽게 평정심을 잃은 모습에 실망함과 동시에 자아를 이렇게 구겨버린 이 남자에게도 분노가 일었다. 어째서 연애할 때는 잠재된 나의 악을 끄집어내는데 일가견이 **있는** 남자라는 것을 몰라봤을까?

부질없는 후회로 몸서리치는 날이면 옷장 안에다 **얼굴을** 들이밀고 소리를 내질렀다. 답답한 마음을 내뱉을 곳**이 없었다.** 그래도 성에 안 차면 온갖 집기들을 끄집어내 청소를 **했다.** 쓸어내고, 닦아내고, 정리하는 일련의 과정들을 통해 **끓어오르는** 열을 식혀보려 했다. 그러다 변기를 닦는 순간 구역**질이 났다.** 돌이켜보니 그는 결혼 후 단 한 번도 화장실 청소를 **하지 않았**다. 어쩌다 오롯이 나만의 몫이 되었는지 근본적인 **원인을 따**져보고 싶었지만, 첫 단추가 어떻게 끼워졌는지조차 **기억이 나**지 않을 만큼 자연스럽게 내가 이 구역을 도맡아 하고 **있었다.** 억울했다. 너무 나갔나 싶긴 하지만, 이렇게 살려고 입시 **경쟁** 속에 공부하고, 학교 다니고, 취업했나 회의감이 사무**쳤다.** 시큼한 화장실 악취가 지난날의 포부와 풋풋했던 꿈들을 **몽땅** 덮어버렸다. 30년 동안 모르고 살았던 어떤 한 남자의 **변기를** 닦는 일이 결혼의 실상이었다.

*

"이십삼 년 동안 내가 쓴 변기를 씻은 여자인데,
네가 옆에 없었을 **때** 그 여자가 살던 삶을 시기하다니."

로런 그로프의 《운명과 분노》 속 주인공 로토에게 어머니가 건네는 이 말은 결혼 생활의 실체를 여실히 보여준다. 아내가 23년 동안 변기를 닦았다는 단 한 문장만으로 우리는 이 부부관계가 누구를 중심으로 돌아갔는지 유추해볼 수 있다. 남편 로토는 어디에서나 조명받는 주인공이었고, 아내 마틸드는 그늘에서 더러운 일, 힘든 일을 도맡으며 남편의 눈부심을 뒷받침했다. 규칙을 세운 것도 아니었는데 언제나 그는 양지에 그녀는 음지에 있었다.

《운명과 분노》는 극명하게 대비되는 남편과 아내를 통해 사랑과 결혼을 말한다. 1부 '운명'은 남편 로토의 시점에서, 2부 '분노'는 아내 마틸드의 시선으로 전개된다. 키 크고 잘생긴 부잣집 아들로 태어난 로토는 모든 것을 다 갖춘 남자였다. "태어난 순간부터 하고 싶은 것을 하면 된다는 말을 들었다." 일찍 돌아가시긴 했지만 아버지가 남긴 막대한 재산으로 부족할 것 없음을 넘어서 차고 넘치는 삶을 살았다. "그는 그저 시도만 하면 되었다." 수습은 다른 이의 몫이었다. 청소년기에 불을 질러 감옥에 갈 뻔했을 때도, 첫 관계를 맺은 그웨니가 임신을 했을 때도, 해결의 배후에는 어머니가 있었다. 온전히 내 능력을 인정받았다며 뿌듯해했던 대학 입학 역시 도서관 기증이란 배경이 자리했다. 로토의 삶은 가끔 멈출지언정 늘 더 좋은 쪽으로 나아갔다. 수려한 외모의 그는 대학에 진학해서도 뭇 여성들을 만났고 연극까지 하면서 학교의 유명 인사가 된다.

햄릿을 훌륭히 소화한 그날, 파티에서 만난 마틸드에게 첫눈에 반한 그는 프러포즈를 한다. 스물두 살 청춘에게 사랑은 가장 빠르고 찬란한 빛이었으며, 둘은 만난 지 2주 만에 결혼이란 관문에 입장한다.

로토의 어머니는 출신조차 확실치 않은 마틸드를 탐탁지 않게 여겼고 모든 지원을 끊었다. 막 탄생한 신혼부부는 곧바로 가난에 직면한다. 엎친 데 덮친 격으로 로토의 연기는 학교 밖에서 인정받지 못했고 조울증까지 얻는다. 마틸드는 로토를 대신해 8년 동안 생계를 책임지며 남편의 재능을 살폈다. 예리한 관찰력으로 남편에게서 글쓰기 능력을 발견한 그녀는 로토가 배우에서 극작가로 거듭날 수 있도록 물심양면 조력을 아끼지 않았다. 시나리오 작가로 대성공을 거둔 이면에는 그가 잠들었을 때 남몰래 작품을 고친 마틸드가 있었다. 그녀는 이 사실을 일언반구 하지 않았다. 마찬가지로 자신에 대해서도 말을 아꼈다. 마틸드를 잘 아는 사람은 없었다. 남편은 아내가 "세상 온갖 좋은 것을 다 합쳐놓은 여자"인 줄 알았지만 그가 생각했던 것만큼 좋은 여자는 아니었다. 로토는 마틸드의 충격적 과거와 조우하면서 번민하다 죽음을 맞이한다.

2부 '분노'는 로토를 고뇌에 빠트린 아내의 진실 편이다. 마틸드의 본명은 오렐리였다. 동생이 분노의 시작이었다. 어린 누나는 모든 관심이 아기에게만 집중되는 것이 싫었다. 질투가 났다. 네 살이 되던 해 오렐리는 계단으로 굴러떨어지는 동생의 손을 잡아주지 않았다. 아기는 목이 부러졌다. 이 사고로 오렐리는 부모로부터 버림받아 파리의 할머니 집으로 보내졌고 조모의 임종 후 미국의 삼촌에게 입양된다. 힘든 나날이 거듭되었다. 낯선 땅에서 홀로 일어서야 했던 그녀는 이름을 마틸드로 바꿨고, 대학 등록금을 마련하기 위해 중년 남성의 정부가 된다. 풀 한 포기 없는 사막에서 붙잡은 불가피한 선택이었지만, 평생 그녀의 발목을 잡는 아킬레스건이 된다. 로토가 충격을 받은 것도 바로 이 지점이다. 그랬다. 결혼이란 거짓말 혹은 착한 거짓말투성이였다. 정말 몰라서 속기도 하고 알면서도 속아 넘어가주는 것이 결혼이었다.

그녀의 과거는 남편뿐만 아니라 독자에게도 배신으로 다가온다. 속고 산 로토가 불쌍해지려 하는 찰나, 누구에게도 말하지 않은 마틸드의 진짜 이야기가 등장한다. 소설의 정점은 로토가 아닌 마틸드, 즉 운명이 아닌 운명을 이겨내려 한 분노에 있었다.

마틸드는 댈러웨이 부인처럼 공허하지도, 보바리 부인처럼 뜨겁지도 않았다. 어디에서 냉정하고 어디에서 열정을 유지해야 하는지를 잘 알고 있었다. 언제나 평정심을 유지하며, 누구에게도 자신을 드러내지 않았다. "초롱꽃처럼 고개를 숙이고 다녔지만 내면에는 폭풍우가 몰아치고 있었다." 그 폭풍을 잠재울 수 있는 이는 얼핏 로토인 것처럼 보였지만 태생적으로 안고 있던 불운을 걷어낼 수는 없었다.

행복은 마틸드를 놀리기라도 하듯 계속해서 달아났다. 타고난 운명 탓에 무엇을 해도 꽃길만 걷던 로토와는 극명하게 대조되는 삶이었다. 버림받은 것에 대한 트라우마, 불행으로 정해진 운명을 극복한다는 것은 오아시스 없는 사막을 걷는 것만큼이나 힘겨웠다. 그녀는 긴 불행을 지나오면서 자신을 공격하는 악재들을 조용히 받아들이거나 혹은 제거할 수 있는 힘을 갖춰간다. 악행은 죄다 그녀가 저질렀음에도 삶은 설득이 된다. 부모마저 버린 자신을 아껴줄 사람은 나밖에 없었다. 나를 잃지 않으려고 노력했던 삶, 조용한 분노를 무기로 뒤틀린 삶을 바로 세우려 한 처절함은 눈물겹다. 부유한 집안에 재능과 준수함까지 겸비한 로토와 단 한 번도 사랑받지 못하고 삶을 건너온 마틸드 사이에는 영원히 좁혀질 수 없는 간극이 있었다.

우리는 잘 안다고 생각했던 그 사람에게서 때때로 낯섦을 경험한다. 결혼은 내가 이 세상에서 그를 가장 잘 아는 사람이라는 착각에서 출발하지만, 죽을 때까지 알다가도 모를 그 사람이 내 옆의 배우자이기도 하다. 한 공간에서 부대껴 사는 사람이기에 잘 아는 것 같지만 밖에서 그가 어떤 사람인지, 내면은 어떤 얼굴을 하고 있는지 모를 때도 많다.

부부란 평생을 읽어도 다 읽지 못하는 책과 같다. 완독할 수 없기에 모든 문맥을 다 파악할 수도 없다. '부부'라는 이 어려운 책은 '이해'라는 키워드를 통해서만 다음 장으로 넘어갈 수 있다. 결혼은 바꿔 말하면 서로를 이해하기 위한 노력의 시간이다. 당신과 내가 달라서 우린 더 나은 사람이 될 수 있다는 유연함이 '부부'란 독서의 지침서였다.

마틸드와 로토는 대척점에 있는 사람들이었지만 연인이 되었고 부부로 반평생을 살았다. 그 동행에는 수많은 배신과 사건들이 있었지만 끝내 결혼을 후회하지 않았다. 그녀는 깨끗한 창문을 통해 "지난날의 모든 것이 좋았음을 깨달았다." 결혼이란 그런 것이다. 좀처럼 가늠할 수 없는 서로의 깊은 바다에서 허우적거리면서도 딱히 밖으로 나갈 생각은 하지 않는 것. 변기를 닦으며 울화가 치밀다가도 같이 먹을 저녁상을 차리는 것. 세월의 풍화작용에 쓸릴지라도 종국에는 차곡차곡 일상을 쌓아 올리는 것. 그 어떤 이론으로도 설명하기 힘든 부부라는 공동체가 같이 살아가는 이유다.

마음을

다독이는 ── 한 줄

그들의 결혼 생활은 쓰러졌다가 다시 일어섰고,

블랙커피에 넣은 크림은 아직 소용돌이처럼 빙빙 돈다.

거의 눈에 띄지 않는, 이런 다정함. (중략)

이런 말 없는 친밀함이 그들의 결혼 생활을 이루었다.

《운명과 분노》, 로런 그로프 지음, 정연희 옮김,
문학동네, 2017, 592쪽.

전부를 건 사랑은
비극일까

———

《안나 카레니나 Anna Karenina》
레프 톨스토이 Lev Tolstoy

내 연애에는 패턴이 있었다. 첫사랑의 실패 이후 한 번도 먼저 고백을 해본 적이 없었다. 누군가가 나에게 다가왔고 딱히 싫지 않으면 나를 사랑해준다는 이유로 만났다. 굳이 변명하자면 감정에 수동적인 유형이었고, 무엇보다 처음 보자마자 전기 스파크가 파박 틸 만큼의 전율을 느껴보지 못했다. (첫눈에 반한다는 말은 대체 누가 만들어낸 감정인지 한 번 만나라도 보고 싶다.)

사랑을 받는 것에 익숙했던 나는 표현에 미숙했다. 네가 좋아 죽겠다고 연정을 다 보여주면 약자로 전락할 것 같았고 상대가 홀연히 떠날까 봐 두려웠다. 애정 전선에 녹는점이 감지되면 먼저 끊어냈다. 그 사람을 잡고 싶어도 잡지 않았다. 사랑하지 않는다고 자기 최면을 걸었다. 자존심을 잃을 바에야 감정을 묻는 게 편했다.

부끄럽지만 내 연애사는 빈껍데기일 뿐이었다. '용기'가 없었고, 상대에 대한 '확신'도 없었다. 그래서 나는 대리만족하듯 사랑 그 자체에 충실한 소설 속 주인공들을 좋아했다.

수많은 인물 가운데 자기 감정에 가장 솔직한 사람을 꼽으라고 한다면 망설임 없이 안나 카레니나를 택할 것이다. 《안나 카레니나》는 톨스토이가 실화에서 모티브를 얻은 작품이다. 《전쟁과 평화》를 끝내고 차기작을 모색하던 작가는 기차선로에서 신원 불명의 훌륭한 옷차림을 한 여인이 투신자살했다는 소식을 접한다. 공교롭게도 이 기사의 주인공은 안나 피고로바로. 톨스토이 이웃의 내연녀였다. 러시아 상류사회에서는 불륜이 만연했던 것으로 전해지는데, 많은 유부녀들이 외도를 일삼았지만 값비싼 드레스 사이로 이를 숨겼다. 반면 안나는 감정을 '기만'이란 치마폭에 가리지 않았다. 작가는 통속을 거부한, 한 여자의 사랑을 세 권이나 되는 장서에 담았다.

*

안나는 아름답고 지적인 여성으로 자신보다 스무 살이나 많았지만 사회적으로 성공을 거둔 남편, 귀여운 아들과 함께 세속적인 삶이 주는 풍요를 만끽하며 살아가는 귀족이다. 배우자 카레닌은 전형적인 상류사회의 관료로 정의롭되 감정은 메말랐고 가정보다는 일이 우선이었으며 사랑보다는 셈이 빠른 남자였다. 반대로 안나는 삶을 최대한 만끽하고 싶어 했고 무엇보다 뜨거운 심장을 가진 여자였다. 기차역에서의 첫 만남 이후 거침없이 사랑을 고백하는 브론스키에게 끌린 것은 어찌 보면 당연한 결과였다. "이성에 의한 결혼은 정열의 출현으로 먼지처럼 흩날려버릴 수도 있다"는 브론스키의 말은 적중했다.

안나는 밀물처럼 다가오는 그에게 온 마음을 빼앗겨 버린다. 브론스키를 사랑해서 '스스로가 용서가 안 될 만큼 행복'했다. 그녀의 불행은 스스로도 용서가 안 되는 그 벅찬 행복에 있었고, 남편 카레닌의 불행은 '나는 결코 불행할 리가 없다'는 신념에서 시작된다.

승승장구만 해온 이 엘리트는 '남의 일'이라 여겼던 배신이 '나의 일'이 되자 받아들일 수 없었다. 아내의 불륜은 자신의 인생 계획에 없었다. 그것은 100점만 받아 온 아이가 갑자기 10점을 받게 되었을 때 느끼는 당혹감 혹은 절망감 같은 것이었다.

주변 사람들은 아내에게 관용을 베풀라고 충고하지만, 그는 안나를 이해할 수도 미워할 수도 없다. 용서할 힘조차 남아 있지 않았다. "사람은 누구나 자기의 슬픔만으로도 충분"했다.

처음《안나 카레니나》를 읽었을 때 내 시야에는 오로지 폭풍 같은 안나의 사랑만 있었다. 뒤도 돌아보지 않고 나아가는 그녀의 질주를 쉼 없이 따라갔다. 남편 카레닌은 이제야 내 삶을 살겠다는 안나를 가로막는 장애물로만 보였다. 그러나 결혼 후 한 사람의 배우자가 된 나는 의지와 상관없이 돌연 자신만의 슬픔에 갇혀버린 이 남자의 마음이 비로소 보였다. 그가 겪었을 당혹감, 분노, 깊은 비애를 전부는 아니지만 헤아릴 수 있었다. 그는 아내를 놓아주지 못했을 것이다. 함께한 세월이 아까워서, 쏟아 부은 마음이 가여워서. 다시 주워 담을 수가 없었다. 그것은 부부로서의 사랑을 포함해 인생 자체가 송두리째 사라지는 것을 의미했다.

반면 남편을 버린 지독한 사랑의 끝에는 파국이 있었다. 안나는 사회에서 완전히 매장당한 자신과 달리 태연하게 사교계 생활을 하는 브론스키를 의심한다. 신마저 버리고 택한 사랑에 균열이 감지된다. 그에게 죄책감을 주고자 자살을 떠올린다. 여자는 사랑을 위해서 모든 것을 버렸지만 남자는 달랐다. 브론스키는 안나를 사랑하되 전부를 포기할 정도는 아니었다.

두 사람의 사랑에는 온도차가 존재했고 이는 안나를 불안하게 했으며 사회적 악조건들까지 더해져 되돌릴 수 없는 죽음으로 몰아갔다. 모든 것을 건 사랑은 비극이었다.

안나가 삶과 치열하게 싸웠다면 이 책의 또 다른 주인공인

레빈은 삶을 진지하게 성찰했다. 제목이 갖는 상징성과 안나라는 캐릭터의 눈부심 때문에 조명 밖에 있는 듯하지만 레빈은 톨스토이의 자화상에 가장 가까운 인물이다.

젊은 시절 방탕했던 대작가는 노후에 이르러서 극단의 금욕을 지키며 종교인의 길을 걸었다. 대조적인 톨스토이의 행보를 일컬어 소설가 블라디미르 나보코프는 '한적한 시골길을 따르고자 하는 수행자와 도시의 육체적 쾌락을 추구하는 탕아'로 표현하기도 했다. (작가로서의 톨스토이는 더할 나위 없이 훌륭하지만 종교인, 설교자로서의 그에 대한 평가는 엇갈린다.) 엄격한 목회자로서 그리스도교의 원칙에 따라 이상과 진리를 좇던 톨스토이는 말년의 역작 《안나 카레니나》 속 레빈을 통해 자신의 도덕적 사상을 실현시키려 했다.

레빈은 농촌에 사는 귀족으로, 세속적인 귀족들과는 전혀 다른 삶을 살았다. 매사에 진지하고 신중했으며 농촌 계몽과 지주제도 개선, 종교와 삶, 죽음에 대해 고민했다. 그는 한때 브론스키를 사랑했던 키티와 결혼해 모범적인 부부생활을 이어간다.

두 사람은 안나-브론스키와는 완벽히 대조적인 모습을 보여주는데, 원래 톨스토이의 초고에는 '두 결혼'이라는 제목이 쓰여 있었던 것으로 전해진다. 작가는 상반된 커플을 통해 삶과 사랑을 다각도로 보여주고 있다.

레빈과 키티의 사랑이 해피엔딩일 수 있었던 것은 오로지 욕망뿐이었던 안나-브론스키 커플과 달리 열정과 더불어 배려, 책임, 진실과 같은 요소들이 새의 둥지처럼 서로를 감싸고 있었던 까닭이다. "행복한 가정은 모두 고만고만하지만 무릇 불행한 가정은 나름 나름으로 불행하다." 문학 역사상 최고의 첫 구절로 꼽히는 이 문장에서 의미하는 행복한 가정은 레빈-키티 부부를 일컫는다. "가지고 있는 것에만 만족하고 없는 것에 대해서 슬퍼하지 않았던" 부부는 삶을 온전히 누렸고, 행복했다.

극명하게 다른 결말에 비추어 안나가 절대적으로 불행했다고 규정할 수는 없다. 짧은 순간이었지만 스스로 용서받을 수 없을 만큼 행복했으니 나쁜 인생은 아니었다. 삶에서 행복은 딱 한 가지, '사랑하고 사랑받는 것'이라고 했던 작가 조르주 상드의 말을 빌려 보면 오히려 안나의 삶은 충만 그 자체였다. 그녀의 사랑에는 어떤 규정도 한계도 없었다. 뜨거움 언저리에도 못 가본 어떤 이에게는 전부를 준 그 불타오름이 낭만으로 다가오기도 한다.

평소 책을 좋아했던 안나는 독서를 통해 타인의 그림자를 좇는 일이 유쾌하지 않다는 것을 깨닫고, 활자 밖으로 나와 생동하는 삶을 살았다. 이는 책을 자기 만족의 대체재로 활용했던 소심한 내게 하는 말로 들렸다.

마음을 더 내어줘도 될까? 모든 것을 걸어도 좋을까? 오늘도 사랑 앞에서 갈팡질팡하는 나는 안나로부터 '감정에 솔직할 용기'를 읽는다. 상처가 두려워 사랑을 외면하는 일 따위는 앞으로 하지 않을 것이다.

나는 무엇보다도 다른 사람들에게 내가 뭔가를
변명하고 싶어 하는 것처럼 보이고 싶지 않아요.
나는 그저 살고 싶을 뿐이에요. (중략)
나에게도 그만한 권리는 있어요. 그렇지 않나요?

《안나 카레니나 3》, 레프 톨스토이 지음, 박형규 옮김,
문학동네, 2009, 133쪽.

화양연화는
폭풍우를 동반한다

《늦어도 11월에는 Spätestens im November》
한스 에리히 노사크 Hans Erich Nossack

'겨울을 조심하세요.' 더위가 기승을 부리기 시작한 6월, 독일에 첫발을 디딘 외국인에게 현지 사람들이 일관되게 당부한 것은 다름 아닌 '겨울'이었다. 오뉴월에 선부른 추위 걱정이라니, 이해가 되지 않았지만 예고대로 살면서 가장 힘들었던 것은 '겨울'이었다.

서머 타임이 끝나면 낮은 밤이요, 밤은 깊은 밤인 바야흐로 어둠의 장막이 드리워진다. 11월부터 4월까지는 종일 흐리거나 비의 연속이다. 차라리 비라도 시원하게 내리면 속이 좀 뻥 뚫릴 것 같은데, 내 마음은 보기 좋게 무시한 채 시종일관 추적추적 내리는 비는 감정선을 한없이 처지게 만들었다. 기온이

영하로 내려가지 않는데도 습한 기운 탓인지 으슬으슬 추웠다. 수면 잠옷을 입고 물주머니를 껴안고 라디에이터에 등을 붙이고 있어도 한기가 돌았다. 손끝의 찬 기운이 마음 구석구석에 닿아 늘 소슬거렸다. 한 해의 끝자락이 주는 쓸쓸함이 우수수 떨어지는 낙엽과 더불어 나뒹굴었다. 독일에서 11월이 시작됐다는 것은 곧 혹독함과의 싸움에 대비해야 함을 의미했다.

무자비한 독일의 겨울을 경험하고 나서야, 사람들이 왜 그토록 혹한을 걱정했는지, 한스 에리히 노사크가 왜 《늦어도 11월에는》이란 제목을 붙였는지 이해할 수 있었다.

11월은 책 속의 남자 주인공 뮌켄이 그때까지 꼭 원고를 끝낼 것이라는 의지에 기인한다. 극작가였던 그는 겨울이 시작되기 전에 작품을 마무리하고 따뜻한 크리스마스 휴가를 보내고 싶었을 것이다. 오후 4시만 되면 깜깜해지는 겨울에 집필의 노동을 이어간다는 것은 인간적으로 너무 가혹한 처사다.

*

《늦어도 11월에는》은 주인공 마리안네가 내연남과 자동차 사고로 사망하기 전까지의 짧은 사랑을 다루고 있다. 책을 이끌어가는 형식이 독특한데 이미 죽은 마리안네가 처음부터 사자(死者)임을 밝히고 자신의 삶을 마치 동화 읽어주듯 이야기해

나간다.

독일의 공업 도시에 사는 스물여덟 살의 마리안네는 유명 사업가인 남편과 어린 아들을 둔 상류층 여성이다. 가랑비가 오락가락하는 5월의 어느 날, 남편 대신 참석한 문학상 시상식에서 수상자 베르톨트 뮌켄을 처음 만난다. 당시 그녀는 잰 체하는 사람들 사이에서 몹시 지루함을 느끼고 있었다. 두 사람은 본능적으로 상대가 위선으로 가득 찬 기타 참석자들과는 다른 결의 사람임을 알아본다. 마리안네는 그가 다가온 순간을 "그일은 갑자기 시작된 것이 아니라 처음부터 운명적으로 마련되어 있던 일"로 회상한다.

이 순간이 두 사람의 인생을 송두리째 바꿔놓았다. 겨우 한마디 때문이었다. 통상적인 인사도 자기소개도 없이 첫눈에 보자마자 "당신과 함께라면 이대로 죽을 수도 있을 것 같습니다"라고 말하는 남자. 그 달콤한 음성은 그녀의 귀에 사뿐히 안착해 씨앗이 되었다. 얼었던 대지가 녹았고 마른 가지에 잎이 돋아났다. 봇물 터지듯 심장이 터질 것 같았다. 혹독한 겨울 끝에 찾아온 봄날 같은 이 사랑이라면, 물질만을 좇는 남편이 파놓은 삶의 무상함을 채울 수 있을 것 같은 확신이 들었다.

작가는 재력가였던 배우자를 버리고 뮌켄을 선택한 마리안네를 통해 자본주의에서도 가장 빛나는 가치는 '사랑'임을 증명해 보인다. 돈과 일밖에 몰랐던 그녀의 남편은 1950년대 초 독일 라인강의 기적과 맞물려 팽배해진 물질만능주의, 경제적 호황을 입고 성공한 사업가들 이면의 냉담한 세계를 대변한다. 반대로 마리안네는 돈으로 무장한 딱딱한 공업도시에서 '사랑'이라는 꽃을 피우는 순수하고 가녀린 영혼을 상징한다. 그녀는 물질보다는 정신에, 이성보다는 감성에 충실한 사람이었다.

책은 돈에 밀려 경시된 인간성을 강조함과 동시에, 사업가들이 만들어낸 허상뿐인 문화(마리안네의 남편이 뮌켄에게 준 '상공인협회 문학상' 같은 것들)를 교묘하게 풍자하고 있다.

한스 에리히 노사크 역시 함부르크 무역상의 아들로 태어나 풍요로운 유년 시절을 보냈지만, 부르주아 계급에서 탈피해 자신의 존재를 증명하고 싶은 사람이었다. 그는 글을 통해 급변하는 공업주의 사회에서 소외된 인간을 보듬었다. 그런 측면에서 마리안네는 작가의 또 다른 얼굴이기도 하다.

사랑에 눈이 먼 그녀는 눈에 넣어도 안 아픈 아들마저 보이지 않았다. 나와 함께라면 죽을 수도 있다는 한 남자만 보였다. 일말의 고민 없이 마리안네는 뮌켄을 따라 집을 나선다. 그저 자신의 삶이 안전하기만을 바랐던 그녀에게는 일생일대의 일탈이었다.

마리안네는 더 이상 남편의 액세서리로 정지된 정물화의 삶을 살고 싶지 않았다. 사랑을 통해 진실된 나를 찾고 싶었다. 남편과 살아온 혹은 견뎌온 지난 세월은 뮌켄을 기다린 시간이었다.

모두를 버린 대가로 모두에게 외면당한 사랑은 평탄할 수 없었다. 초라한 연인은 그 흔한 격렬한 키스 한 번 없이, 낡은 집에서 지도를 펴놓고 어디로 도망갈지 고민한다. 불안한 도피가 이어진다. 친구 집에 잠시 머물다가 라인강을 넘어 국경 근처의 작은 도시로 밀려온다. 경제 부흥의 상징이라고 할 수 있는 라인강을 건넜다는 것은 마리안네가 자신이 살던 세계와는 완전히 다른 저 너머로 발걸음을 옮긴 것을 의미했다. 낯선 도시에서 시작된 현실에서의 사랑은 이상과 달랐다. 마리안네는 사랑을 좇아 가출할 정도로 과감했지만, 과거에서 헤어나오지 못하는 우유부단한 심성의 소유자이기도 했다. 끊임없이 죄책감에 시달리며 자신의 행동이 과연 옳았는지 의구심을 던진다. 시종일관 갈팡질팡하는 여자에 대한 심리묘사는 이 책이 뻔한 통속 소설로 치부되지 않는 뒷받침이 된다.

마음이 편치 않기는 남자도 마찬가지다. 뮌켄은 완벽주의자인 동시에 자격지심으로 가득 찬, 지나치게 예민한 사람이다. 귀부인이었던 마리안네를 경제적으로 충족시켜주지 못해서 괴룹다. 할 수 있는 것이라곤 오로시 삭품의 성공뿐이다. 11월에 상연될 희곡에 집중해보지만 이마저도 쉽지가 않다. 작가는 창작의 고통을 앓았고 마리안네는 자신이 방해가 될 뿐이라는 부채감을 지울 수가 없다.

분명 무언가 잘못되어 가고 있었지만 누구도 입 밖으로 문제를 꺼내지 않았다. '늦어도 11월에는' 모든 일이 해결되지 않겠느냐며 얄팍한 기대를 걸면서도, 서서히 지쳐가고 있었다.

운명적 사랑이 현실의 속박으로 변해갈 때 즈음 시아버지가 찾아온다. 그녀는 백기를 들었다. 못 이기는 척 다시 집으로 돌아간다. 가족들은 말없이 마리안네를 받아주었고, 아무 일도 없었다는 듯 일상이 굴러갔다. 남편에게는 가정도 마찬가지로 하나의 사업체였다. 약간의 손실을 입었지만 보전하면 될 일이었다. 아내의 마음 상태 같은 건 안중에도 없었다. 자신이 이룩한 왕국의 유지만이 중요했다.

모든 사람들이 짜맞추기라도 한 듯 태연한 척 연기를 했다. 아무리 덮는다 한들 있었던 일이 없었던 일이 될 수는 없는 법이다. 가식 섞인 배려가 오히려 마리안네를 숨 막히게 했다. 그것은 말 없는 모욕이었다. 앞으로 더 좋은 아내, 더 착한 며느리가 되어야 한다는 책무감은 그녀를 조용히 질식시켰다.

시간은 속절없이 흘러 영영 올 것 같지 않던 11월이 왔다. 마리안네는 초조해지기 시작한다. 라디오에선 뮌켄의 작품이 그녀가 사는 도시에서 초연된다는 소식이 흘러나온다. 다신 보지 않을 것이라고 다짐하면서도 마음 한구석에는 작은 기다림이 피어난다. 마리안네는 이미 알고 있었다. 거부할 수 없는 운명의 힘이 자신을 향해 성큼성큼 다가오고 있음을. 예상대로 남자는 찾아왔고 다시 사랑에 모든 것을 건다. 결혼이라는 허울뿐인 옷을 과감히 벗어 던졌다. 이번에는 그 누구도 붙잡지 않았다. 무엇도 가로막지 않았다.

마리안네는 끊임없이 삶의 의미를 찾았다. 자신의 존귀한 가치와 가능성을 획득하고 싶었다. 뮌켄을 선택함으로써 짧게나마 스스로 쟁취한 삶의 행복을 느낄 수 있었다.

두 사람은 함께 도로 위를 달린다. '환희'란 것이 스쳐 지나가려는 순간, '죽음은 영원하다'는 글씨와 함께 사고 다발 구역이 보인다. 빗길을 뚫고 굉장한 속도로 달리던 중고 폭스바겐은 철로 교각에 부딪힌다. 연인은 허공을 향해 가볍게 날아올랐다. 아프지 않았다. 어떤 두려운 감정도 들지 않았다. 영원히 해결할 수 없을 것 같았던 번뇌에 종지부를 찍게 되어 홀가분했다. 마리안네는 뮌켄의 손을 잡는다. 다시는 놓치지 않을 것이다. 함께라면 이대로 죽어도 좋은 사람과 맞이하는 마지막은 고통스럽지 않았다.

사랑의 배경이 되는 5월에서 11월 사이, 6개월의 시간은 독일에서 가장 좋은 계절이다. 화양연화와도 같은 찬란한 계절 가운데 절묘하게도 두 사람이 만나는 중요한 분기점에서는 항상 비가 내린다. 첫 만남도, 재회의 순간도, 속세와 작별하게 되는 그날 역시도 하늘은 울고 있었다. 이 사랑은 처음부터 먹구름을 동반한 잠깐의 강렬한 햇빛이었다. 짧은 시간 동안 거침없이 사랑했고 그 안에서 휘몰아치듯 번뇌했다. 희망고문과도 같았던 11월의 끝에는 죽음이 기다리고 있었다. 야속한 시간에 대한 아쉬움이 가장 크게 증폭되는 11월은 끝끝내 아련한 사랑을 닮았다.

세상에는 다양한 사랑의 얼굴이 있다. 오랫동안 미지근한 온도를 유지하는 것과 짧지만 화려한 불꽃을 터트려보는 것, 나는 어느 쪽에 가까울까. 《늦어도 11월에는》은 용서받지 못할 사랑, 그럼에도 거부할 수 없는 사랑, 누구나 한 번쯤 꿈꿔봤을 주체하지 못할 그 뜨거운 사랑을 말한다.

격정적 사랑의 끝은 죽음이었지만 이 두 사람에게만큼은 최고의 결말이었다. 영면을 통해 영원성을 획득했기 때문이다.

만약 교통사고를 당하지 않았더라면 그들은 행복했을까. 낡은 폭스바겐을 끌고 이 도시 저 도시를 떠돌아다니며 영원한 유희를 누릴 수 있었을까. 두근거림으로 무장한 눈부신 사랑도 언젠가는 빛이 바랜다. 새것도 결국엔 헌 것이 된다. 끊임없이 변하는 마음을 가진 인간이 한결같은 사랑의 온도를 유지하기란 쉽지 않다. 불변은 현실의 것이 아니기에, 허약한 연인은 죽음을 통해 영원한 사랑을 성취했다. 불타올랐던 사랑은 장렬히 연소했다. 그렇게 불멸이 되었다.

항상 11월이 오면 이 책을 펼쳤다. 소설의 주제와도 같은 '늦어도 11월에는'이란 제목은 '늦어도'라는 형용사와 '11월'이라는 시제가 만나 독특한 뉘앙스를 빚어낸다. '늦어도'는 긍정과 동시에 부정을 상기한다. '늦어도 올해 안에 만나자'는 말에는 만나지 못하는 현 상황에 대한 미안함과 향후 만나게 될 것이란 기대가 뒤섞여 있다.

매년 끝자락이 다가오면 마음이 헛헛해진다. 올해도 다 갔구나 싶으면서도 한 장밖에 남지 않은 달력에 어떤 기대를 걸어보게 되는 11월은 불안과 설렘을 동시에 품은 마리안네와 뮌켄의 사랑을 닮았다.

늦어도 11월에는 무엇을 할 수 있을까? 늦어도 11월이 가기 전에 무엇을 해야 할까? 어쩌면 당신은 마리안네처럼 나와 함께라면 이대로 죽어도 좋을 어떤 한 사람이, 늦어도 11월이 가기 전에 나를 찾느라 애달픈 마음이 되어 찾아와주기를 기다리고 있을지도 모르겠다. 늦어도 11월에는… 그래서 11월에는… 그럼에도 11월에는….

◻

행복은 오직 현재일 뿐이다.

거기엔 과거도 미래도 없다.

그때 우린 참다운 행복을 알았고,

그래서 그 후 우린 불행했다.

《늦어도 11월에는》, 한스 에리히 노사크 지음, 김창활 옮김,
문학동네, 2002, 128쪽.

지독히도 쓸쓸했던

새벽

비에 젖은
외톨이에게

《지하로부터의 수기 Записки из подполья》

표도르 도스토예프스키 Fyodor Mikhailovich Dostoevskii

가끔 가희를 떠올렸다. 나와 같은 이름을 가진 가희. 같은 중
학교를 다녔던 우린 친하지는 않았지만, 이름 때문에 서로의
존재를 알고 있었다. 흔한 이름은 아니어서 항상 친구들은 성
을 붙여서 우리를 부르곤 했다. 졸업 후 다른 고등학교에 진학
하게 됐고 성인이 되면서 자연스럽게 그녀의 존재는 잊혀졌다.
그렇게 각자의 삶을 살던 20대의 어느 날 나는 뜻밖의 소식을
듣게 되었다.

"가희가 자살을 했다."

내가 나고 자란 동네는 좁았다. 그 소식은 그녀와 친하든 친하지 않든 모든 동창들에게 전해졌다. 아주 오래전 헤어진 남자친구에게서도 연락이 왔다. 가희가 죽었다는 얘기를 듣고 나인 줄 알았다고… 살아있어서 다행이라고… 고맙다고….

내가 살아있음이 누군가에게 안도감을 주었다니 기분이 묘했다. 가희와 친하지도 않았고 특별한 에피소드도 없었다. 그런데 그녀의 죽음은 동명이인이라는 연결 고리 때문인지 뇌리에서 계속 맴돌았다. 더욱이 내가 기억하는 가희는 내성적이기보다는 외향적이고 밝았기에 좀처럼 이해하기가 힘들었다. 이런 말을 하는 것조차 조심스럽지만 적어도 자살을 선택할 것처럼 보이진 않았다. 믿을 수 없었다. 어쩌다 그런 극단적인 선택을 하게 됐을까? 누군가 그녀의 이야기를 좀 더 들어주었더라면, 따뜻한 관심을 내주었더라면 이 비극을 막을 수 있었을까? 이따금 젊고 예쁜 여자 연예인들의 부고를 접할 때마다 가희가 떠올랐다. 미안했다. 마지막까지 철저히 혼자였을 것만 같아서. 그것은 남아 있는 자의 죄책감 같은 것이었다.

*

겉으로는 괜찮다고 하지만 실은 괜찮지 않은 사람, 자신만의 외로운 지하를 만들어놓고 그 안에 들어가 사는 이가 있다. 어둡고 축축한 지하에 혼자 살며 내 이야기 좀 들어달라고 외치는 남자, 스스로 아픈 인간이라고 지칭하면서도 치료를 거부하는 남자, 도스토예프스키의《지하로부터의 수기》의 주인공이다.

마흔 살의 화자는 말단 공무원으로 일하다가 약간의 유산을 상속받으면서 사표를 낸다. 자신을 알아주지 않는 세상을 원망하며 인간과 사회에 뼈아픈 독설을 쏟아내는 것이 1부의 전부다. 그 어떤 사건도 일어나지 않는다는 점에서 책의 구성은 독특하다. 문체는 결코 친절하지 않다. 스스로 똑똑하다고 자부하는 주인공은 인간이란 존재에 대해서 끊임없이 비판하는데 희한하게도 읽다 보면 독백에 빨려 들어간다. 화자가 언급하는 인간상은 우리가 살면서 한 번쯤 만나본 사람들이기 때문이다.

"살다 보면 현자들과 박애주의자들이 꾸준히 나타나는데… (중략) 대다수가 이르든 늦든 인생의 끄트머리에 가서는 무슨 사건을, 그것도 이따금씩은 가장 점잖지 못한 축에 들어가는 사건을 일으킴으로써 스스로를 배반해왔다."

미투 사건으로 온 세상이 떠들썩했을 때, 이 문장을 떠올리며 도스토예프스키의 혜안에 놀라지 않을 수 없었다. 우리는 인간이 가진 이중성의 실체를 보았고 한 분야의 대가로 불렸던 자들의 불명예스러운 몰락을 지켜봐야 했다. 이 밖에도 '너무 의식하는 것이 인간의 진짜 병', '인간은 절대 이성이 아닌 자기가 하고 싶은 대로 행동하길 좋아한다' 등 깊은 통찰에서만 나올 수 있는 촌철살인과 같은 문장들로 '인간'을 설명한다.

도스토예프스키는 누구보다 인간 심리묘사에 있어서 탁월했다. 철학자 니체는 '내가 무엇인가를 배울 수 있었던 단 한 사람의 심리학자'로 그를 평가했다. 이는 작가의 불운한 유년 시절과 파란만장한 삶에 기인한다. 도스토예프스키의 아버지는 국립병원 의사였는데, 당시 의사는 지금과 같은 위치가 아닌 보잘것없는 직업이었다. 가난에 대한 콤플렉스 탓에 평생 돈에 얽매여 산 것으로도 유명하다.

데뷔작부터가 돈에 관한 것이었다. 《가난한 사람들》은 당시 위대한 작가의 탄생으로 불리며 열렬한 지지를 받았다. 갑작스러운 성공에 도취된 신인 도스토예프스키는 우쭐해져서 자만심에 취했다. 러시아의 소설가 투르게네프는 그런 그를 가리켜 '러시아 문학의 코에 난 뾰루지'라며 비꼬기도 했다.

도스토예프스키는 형이 일찍이 세상과 작별하면서 그의 가족들까지 부양하게 됐고, 더욱더 재정적으로 궁핍함을 겪게 된다. 평생 빚쟁이들에게 시달리며 빚을 갚기 위해 글을 썼다. 돈에 대한 절실함과 긴박함이 역으로 창작혼을 지피면서 《백치》, 《카라마조프가의 형제들》과 같은 명작들을 탄생시켰다. 작가는 죽기 사흘 전까지 돈을 빌려달라는 편지를 보냈다.

가정사, 돈과 함께 그의 정신세계에 가장 큰 영향을 준 사건은 시베리아 유형이다. 도스토예프스키는 '페트라셰프스키 클럽 가담죄'로 시베리아 유형을 살게 된다. 이 클럽은 페트라셰프스키의 집에서 진행된 지식인 중심의 문학, 철학, 정치 토론 모임으로 급진적 자유주의적 사상을 논함으로써 러시아 당국의 정치적 박해를 받았다.

작가는 4년의 시베리아 유형 생활을 통해 그동안 자신이 살았던 세계에서는 전혀 만나볼 수 없었던 각계각층의 군상을 만난다. 개중에는 짐승 같은 이도 있었고, 인간적인 면모가 빛나는 이도 있었다. 다양한 빛깔의 사람들은 고스란히 그의 작품에 담겼다. 도스토예프스키가 빚어낸 인물들은 복잡하다. 《지하로부터의 수기》 속 화자 역시 1부에서는 사회 부조리를 꼬집는 거만한 지식인으로 묘사되지만, 2부에서는 완전히 다른 모습으로 독자에게 반전을 주는 캐릭터다.

지하로 내려오기 전, 지상에 살았던 스물네 살 화자의 사회적 관계 점수는 거의 제로였다. 모두가 그를 불편해했다. 누가 봐도 못생긴 얼굴에 갖가지 콤플렉스로 가득 찬, 행동거지 하나하나가 어설프기 짝이 없는 비호감이었다. 타인의 조롱을 자초했고, 속으로만 그들을 증오하다가 결국엔 자신을 괴롭혔다. 본인도 이 사실을 알고 있었다. 지하에 사는 달변가의 실상은 은둔형 외톨이였고, 친구들 사이에서는 왕따였다.

한 번은 동기들이 그를 따돌리기 위해 모임 시간을 일부러 잘못 알려주면서 초대받지 않은 장소에 가게 된다. 모멸감을 느낀 그는 자신을 무시했던 사람들에게 복수를 꿈꾸지만 실제로는 시도조차 못한다. 그는 어울리지 못할 바에야 아무도 다가오지 못하도록 뾰족한 가시로 자신을 무장하는 편을 선택한다. 그가 할 수 있는 일이라곤 자신을 무시하는 사람들에게 커다란 가시로 겁을 주는 것뿐이었다. 가시를 품은 장미가 오히려 허약하듯 가시 돋친 독설의 실상은 겁이 많아서였다. 단지 방어용이었다. 연약한 나를 지키기 위해서 가시를 만들었을 뿐, 누군가를 헤치기 위한 칼날을 갈지는 않았다. 그럼에도 사람들은 가시를 세우고 있으면 무조건 공격적이라고 여겼다. 가장 약한 가시에서 한 떨기 꽃이 돋아날지도 모를 일인데….

이런 주인공에게도 자애감의 몽우리를 살짝 틔어 본 순간이 있긴 했다. 키 작고 깡마른 나는 대로에서 거구의 장교로부터 밀침을 당한다. 마주할 때마다 이번에는 내가 밀치고 나가리라 다짐하지만 매번 기세에 눌려 꼼짝없이 길을 비켜주기만 한다. 그러다 딱 한 번 장교와 어깨를 나란히 하고 걸어갈 수 있게 되는데, 이 순간만큼은 개선장군이 된 듯한 기분을 느낀다. 그러나 이게 전부다. 그 어떤 일도 일어나지 않았다. 그는 남을 밀칠 줄 모르는 사람이었다. 타인이 나를 밀치는 것 역시 원하지 않았다. 다만 서로 같이 걸어가기를 바랐다. 그뿐이었다.

　세상에는 누구나 좋아하는 사람들이 있다. 소위 사회생활을 잘한다고 인정받는 부류다. 그들은 2×2=4라는 사회가 만든 규칙에 맞춤형으로 들어맞는다. 호감형 외모에 유머러스하고 친절하고 온화한 미소가 몸에 배어 있으며 센스까지 겸비했다. 하지만 세상에는 2×2=5도 있는 법이다. 주인공은 호소한다. 2×2=5도 한 번쯤은 귀여운 녀석으로 봐달라고. 끊임 없이 외쳤지만 아무도 들어주지 않았다. 사람들은 그저 괴짜의 공허한 울림이라고만 치부했다.

　그가 지하에서 겪는 정신적 고통은 21세기 현대인이 겪는 우울증, 공황장애와 같은 마음의 병을 닮았다. 세상에는 2×2=5, 2×2=6도 얼마든지 존재할 수 있다. 누구에게나 자신이 지하 인간처럼 느껴지는 시절이 있다. 물론 어떤 이는 괘념치 않고 훌훌 털어낼 수 있지만, 안타깝게도 아주 여리고 약한 영혼의 소유자는 모든 것을 뒤로한 채 극단적 선택을 한다. 소설 속 주인공인 나는 전자도 후자도 아니다. 다만 지하에서 나오고 싶은 것만은 확실하다. 한껏 쏟아지는 해를 마시며 일광욕도 해보고 싶다. 더 이상 어두운 동굴에서 홀로 떠들어대는 바보짓 따위는 하지 않겠다고 공언하면서도 의미 없는 독백을 끝낼 수가 없다. 그는 여전히 지하에 있다. 이것이《지하로부터의 수기》의 전부다.

책을 덮고 나면 이 남자를 지하에서 지상으로 끌어 올려줄 단 하나의 사랑이 없음에 탄식하게 된다. 원인은 사랑의 부재였다. 그는 자신을 사랑하지 않았고 마찬가지로 누구도 그를 사랑하지 않았다. 세상을 등졌고 타인을 배척했다. 스스로 자격이 없다며 행복을 포기했다.

한 번쯤은 돌이켜볼 일이다. 나는 누군가의 고독한 외침을 외면하진 않았는지. 아울러 내 자신의 목소리에 얼마나 귀 기울였는지. 누구나 살다 보면 살아있어서 괴로울 때가 있다. 머릿속에는 바람이 휘몰아치고 심장에는 태풍이 휘젓는다. 이유 없이 뾰족한 눈물이 흘러 가슴에 못을 박는다. 내 영혼이 고갈되어 스스로 경멸하게 될 때, 나조차 나를 인정하기 힘들 때, 잠시 나를 대신해 나를 사랑해줄 누군가가 필요한 순간이 있다.

공감은 어려운 것이 아니다. "괜찮아, 다 잘될 거야, 푹 자고 일어나면 잊힐 거야, 너의 잘못이 아니야"와 같은 짧은 말 한마디, 별 것 아닌 위로가 의외로 강력한 주술적 힘을 띠어 응어리진 가슴을 풀어주고, 내일을 다시 살아가게 한다. 음습한 지하에 갇힌 외로움에게 기꺼이 창문을 내어줄 수 있는 당신과 나이기를… 누구에게나 지하는 춥다.

마음을

다독이는 ── 한 줄

⬦

"인간이란 자기 괴로움을 세는 것만 좋아하지,
자기 행복은 아예 세질 않아. 만약 제대로만 센다면
누구나 자기 몫이 있다는 걸 알게 될 텐데."

《지하로부터의 수기》, 도스토예프스키 지음, 김연경 옮김,
민음사, 2010, 149쪽.

**

가희가 자신에게 주어진 행복의 몫을 온전히 누리지 못한 것이 늘 안타까웠습니다.
짧았던 그녀의 삶을 진심으로 애도합니다.

고독을 빌려
사랑을 말하다

———

《백 년 동안의 고독 Cien Anos de Soledad》
가브리엘 가르시아 마르케스 Gabriel Garcia Marquez

코로나19로 전 세계가 힘들었던 2020년, 특히 3월은 나에게도 그 어떤 날보다 혹독했던 시기로 기억된다. 위기 상황에서 모국이 아닌 외국에, 자국민이 아닌 외국인의 신분으로 산다는 것은 언제 터질지 모르는 시한폭탄을 안고 사는 것과 같았다. 꽃들이 기지개를 켜려던 춘삼월, 독일은 국경을 봉쇄했고 외국인의 입국도 제한했다. 마트와 약국, 일부 은행을 제외하고 모든 회사와 기관, 상점, 레스토랑들이 문을 닫았다. 봄이면 일광욕을 즐기는 사람들로 가득했던 거리에는 황량한 먼지만이 흩날렸다. 코로나19는 살랑이는 봄바람마저 서늘하게 만들었다. 한국으로 가는 비행기값이 천정부지로 치솟았고 한인회에서는 귀국 수요 조사를 했다. 마음은 이미 고국에 가 있었지만, 일정상 당장 갈 수 있는 상황이 아니었기에 독일에 남는 편을 택했다. 집 밖에 나가지 않고 버틸 때까지 버티는 것이 유일한 방역이었다. 괜찮을 것이라며 스스로를 다독였지만 불안함은 아랑곳하지 않고 나날이 기세를 뻗쳤다. 만에 하나 잘못되어서 코로나19에 감염된다면 나는 어떻게 될까. 의료 혜택을 제대로 받을 수나 있을까. 인터넷으로 별의별 기사들을 다 검색했고, 하루에도 수십 번 코로나19 확진자 수를 체크했다. 죄다 나쁜 상황들뿐이었고, 이도 저도 못하는 완벽한 고립감에 매몰되었다. 두려움으로 잠 못 이루는 날들이 이어졌다.

갈피를 못 잡고 전전긍긍하는 나를 일으켜 세워준 것은 사람들이었다. 가족과 친구들은 지속적으로 연락을 해왔고, 초조해하는 나를 다독여주었다. 익숙한 사람들의 목소리를 듣고 나면 요동치던 파고가 조금은 가라앉았다. 한국도 안전한 상황은 아니었기에 나 역시 그들을 심려했다. 같이 똘똘 뭉쳐서 불안의 구름을 걷어내려 노력했다. 코로나19의 확산과 흑색선전, 가짜뉴스, 온갖 유언비어들이 난무하면서 상황은 악화일로를 걷고 있었지만 '덕분에 챌린지'를 비롯해 보통 사람들이 가진 선의의 의지가 승리할 것임을 믿어 의심치 않았다.

그 누구도 혼자서 재앙을 이겨낼 수는 없다. 국난을 극복하는 근간은 '함께'였다. 가브리엘 가르시아 마르케스의 《백 년 동안의 고독》은 인간이 동행이 아닌 고립을 선택했을 때, 한 공동체가 어떻게 무너지는지를 부엔디아 가문을 통해 보여준다.

근사한 제목만으로도 그 여운이 쉽게 가시지 않는 이 책은 전체적인 맥락이 창세기와 같은 흐름을 보이고 있어, 현대판 창세기로 불리기도 한다. 상상 속 마을 마콘도를 세운 호세 아르카디오 부엔디아 집안을 주축으로 7대에 걸친 역사가 전개된다. 너무 긴 이름들이 반복해서 나오기에 책 맨 앞부분에 있는 가계도를 수십 번 오가야 하지만, 이야기가 주는 힘은 그 수고로움을 가뿐히 이겨내고도 남는다.

*

대서사시는 호세 아르카디오 부엔디아와 우르술라의 결합으로 시작된다. 처음 그들이 결혼한다고 했을 때 친척들은 반대했다. 근친상간은 돼지 꼬리가 달린 아이가 태어날 가능성이 있었지만 예언은 운명적 사랑을 막지 못했다. 두 사람은 결혼했고 훗날 우려는 현실이 된다.

한동안 부엔디아 가문이 일군 마콘도는 천국이었다. 지상낙원이었던 이곳이 세상에 알려지기 시작하면서 자동차, 기차와 같은 현대 문물이 들어왔고 관공서, 회사, 기관들이 생겨났다.

마을 사람들은 조금씩 문명에 눈뜨는데, 무엇보다 마콘도를 완전히 바꿔놓은 것은 외국인에 의해 세워진 바나나 농장이었다. 외국 자본은 장밋빛 전망과 달리 무자비하게 노동력을 착취했고 노동자들은 이에 투쟁하다 소리 없이 학살당한다.

바나나 기업의 횡포는 1928년 12월 6일 콜롬비아에서 발생한 '시에나가 대학살'을 바탕으로 하고 있다. 당시 스페인으로부터 가까스로 독립을 쟁취한 콜롬비아였지만 외국 기업과 군부 독재의 결탁은 정국을 더 혼탁하게 만들었다. 바나나 농장의 노동자들이 정당한 권리를 요구하며 파업을 벌이자 정부는 이를 강제 진압하면서 엄청난 사람들을 학살한다. "5분 안에 구역을 깨끗이 비우라"는 명령을 받은 군부대는 기관총을 난사했고 사상자 수는 아직도 엇갈린다. 죄 없는 사람들이 피로 물들어갔다. 평범한 시민이 군부독재에 의해 희생당한다는 서사는 한국의 근현대사를 떠올리게 한다.

법대를 중퇴하고 기자로 일했던 마르케스는 유럽, 미국 등에서의 특파원 생활을 통해 다양한 경험을 쌓았고, 이후 18개월 동안 칩거하며 하루 8시간씩 집필에 매진해 조국 콜롬비아가 겪은 비극을 《백 년 동안의 고독》에 담아냈다.

외세의 침입은 오랫동안 쌓아 올린 공동체를 무너트렸고 개개인을 고독에 빠트렸다. 마을 사람들은 빠른 속도와 편리함으로 무장한 문명의 이기에 흡수되어 타락한다. 무분별한 개발에 신은 분노했다. 4년 11개월 2일 동안 대홍수가 이어지면서 마을은 절체절명의 위기에 처한다. 쉼 없이 내린 비는 탐욕스러운 문명을 쓸어갔다. 거의 5년 가까이 비가 내린다는 기발한 상상력과 감각적인 표현은 읽는 이의 감성을 장맛비처럼 두드린다. 비가 많이 와서 습해진 집안을 '물고기들이 집안에 들어와 헤엄을 치는 바람에 공기가 눅눅해졌다'로 표현하는 글쓰기 방식은 '마술적 사실주의'라는 독특한 장르를 만들어냈다. 이외에도 호세 아르카디오 부엔디아의 장례식 날 노란 꽃비가 내리고, 엄청난 미모의 소유자였던 레메디오스가 침대를 타고 하늘로 사라지는가 하면, 돼지 꼬리가 달린 아이가 태어나는 비현실적인 일들은 마술을 보는 것 같기도 하고 소설 전체가 다 꿈으로 일단락될 것 같은 기시감을 불러일으킨다.

거짓말처럼 느껴지는 이 환상적인 사건들 가운데 유일한 진실은 마콘도에 사는 모든 인물들이 '고독'했다는 점이다. 아우렐리아노는 자식을 18명이나 낳았지만 아무도 사랑하지 않았고, 아마란타는 청혼을 거절하고 평생 혼자 살다가 자신의 수의를 직접 짜서 스스로 죽음을 향해 걸어 들어간다. 그들은 소통하지 않았다. 타인을 배려하지도 않았다. 세상만사를 자신의 방식대로 해석했고 스스로 벽을 만들어 그곳에 갇혀 살았다.

외로운 가족의 중심을 잡아 주는 유일한 사람은 어머니 우르슬라였다. 마콘도에서 가장 오래 살며 모든 희극과 비극을 지켜본 장본인이다. 연금술에 몰두하던 남편은 정신 이상으로 밤나무에 묶여 지내다 사망했고, 연이은 자식들의 죽음을 목도해야 했으며, 엄마 혹은 아빠를 잃은 손자들을 돌봐야 했다. 집안의 기둥과도 같았던 대모(大母)는 항상 누군가를 살피는 입장이었기에, 마찬가지로 본인은 고독할 수밖에 없었다. 자신의 모든 것을 희생해서라도 지키고 싶었던 부엔디아 가문이었지만, 신의 계시대로 돼지 꼬리 달린 아이가 태어나면서 멸망한다.

부엔디아 가문 사람들이 고독했던 결정적인 이유는 사랑을 몰라서였다. 그들이 아이를 낳는 과정은 대부분 본능적인 욕구에 의한 것이었지 사랑의 결실이 아니었다. 대가 이어질수록 줄어드는 자손의 수가 이를 증명한다. 타인의 불행을 외면했고 폐쇄적인 사회에서 도전과 열정 없이 살다가 스스로 고립을 선택했다. 고독의 결말은 자멸이었다.

고독이 의미하는 바는 다양하지만 이 책에서의 고독은 '개인주의의 다른 이름'이다. 인간은 혼자라서 외로운 것이 아니다. 사랑할 수 없어서 외로운 것이다. 사회를 구성하는 개개인이 각자 외로운 섬이 될 때, 타인의 불행에 눈감을 때 공동체는 무너진다. 마콘도 사람들은 이 고독의 악순환을 끊지 못했다.

백 년의 시간이 지났지만 우리는 여전히 고독의 시대를 살고 있다. 1인 가구는 나날이 증가하고, 먹고 살기 바쁘다는 이유로 젊은이들에게 사랑은 사치가 되었으며, 메마른 감정은 폭력의 시대를 양산했다. 어떤 이의 억울함은 나와 상관없는 일이라며 눈감아버리기 일쑤다. 지독하리만치 고독한 개인주의를 뛰어넘을 수 있는 방법은 무엇일까. 결국 다시 사랑 아닐까.

독일어에는 '고독한'을 의미하는 형용사로 '아인잠(einsam)'이라는 말이 있다. 이 단어에서 아인스(Eins)는 숫자 1을 의미하는데, 숫자 2인 쯔바이(Zwei)를 대입하면 '쯔바이잠(zweisam)', '둘만의'라는 로맨틱한 단어로 변신한다. 즉 '고독'은 '사랑'으로 바뀔 수 있는 가능성을 품고 있는 셈이다. 역설적이게도《백 년 동안의 고독》은 고독을 통해 사랑을 말한다. 우리는 한없이 고독해봤기에 한없이 사랑할 수 있다. 포스트 코로나 시대를 극복하는 힘도 하나가 아닌 둘일 때에만 가능한, '사랑'이라고 써본다.

마음을

다독이는 ── 한 줄

▱

고독을 나눌 수 있는 천국을 찾기 위해서

인생을 그토록 많이 낭비했어야 했다는 사실을 슬퍼했다.

여러 해 동안의 삭막한 생활 끝에 미친 듯이 사랑에 빠진

그들은 침대에서뿐만 아니라 식탁에 마주 앉아있는

순간에도 사랑할 수 있다는 기적을 터득했고,

그러한 행복은 자꾸자꾸 자라나서 그들이 다 낡아빠진

두 늙은이가 되었을 때도 계속해서 토끼새처럼

깡충깡충 뛰거나 강아지들처럼 정겹게 같이 놀았다.

《백 년 동안의 고독》, 가브리엘 가르시아 마르케스 지음, 안정효 옮김,

문학사상, 2005, 376-377쪽.

칠흑 같은 밤에
별은 더 반짝인다

_____

《레 미제라블 Les Miserables》
빅토르 위고 Victor Hugo

그 시절 많은 가정들이 그러했듯 우리 부모님은 내가 초등학교 4학년이 되었을 때 세계 문학 전집을 사주셨다. 유행처럼 대부분의 집 거실에는 아이들의 독서 취향과 상관없이 세계 문학 전집과 백과사전 세트가 떡하니 차지하고 있었다. 아마 부모님은 이를 통해 자녀 교육의 질을 조금이나마 향상시켰다고 자부했던 것도 같다.

전집 가운데 제일 먼저 꺼내 읽은 책은 《장발장》이었다. 특별한 이유가 있었다기보다 꽂혀있는 책 중에 제목이 가장 짧아서 왠지 읽기도 쉬울 것 같아서였다. 가벼운 마음으로 시작한 책을 덮었을 때 나는 공포에 휩싸였다. 겨우 빵을 훔친 대가로

19년이나 감옥살이를 하다니! 열한 살에게는 이만한 충격이 없었다. 19년은 엄청난 시간이었다. 내가 살아온 시간의 거의 곱절에 가까운 시간을 감옥에서 보냈다는 설정은 호환마마만큼이나 무섭고 가혹했다. 작가의 의도와 상관없이 초등학생에게 이 책의 교훈은 "도둑질하면 안 된다"라는 준법정신이었다.

어린 나를 경악하게 했던 《레 미제라블》은 실제 사건에서 모티브를 얻은 소설이다. 19세기 프랑스에서 한 주교가 교도소에서 막 출소한 전과자를 재워주었는데, 빵 한 개를 훔친 죄로 5년간 수형생활을 한 사람이었다. 이 사건은 빅토르 위고로 하여금 펜을 들게 했고 장장 16년이란 세월 끝에 대작이 탄생한다.(작가는 1843년 딸과 사위가 센강에서 익사하면서 10여 년 동안 집필을 중단했다. 1851년 루이 나폴레옹의 쿠데타 제정 수립에 반대, 망명길에 올랐고 외로운 건지섬에서 《레 미제라블》을 완성했다.)

《레 미제라블》은 불어로 '불쌍한 사람들'이다. 제목 그대로 어렵게 삶을 살아가는 사람들과 그들을 대하는 사회의 민낯을 여실히 보여준다. 작품이 출판됐을 때 수많은 프랑스 노동자들의 전폭적인 지지를 받은 것은 물론이다.

빈곤으로 말미암은 인간 존엄성의 훼손과

기아로 인한 여인의 추락과

무지로 인한 아이의 지적 발육 부진 등

금세기의 이 세 문제가 해결되지 않는 한,

(중략) 이 책과 같은 성격의 책들이

무용지물일 수는 없을 것이다.

_《레 미제라블》서문

서문에는 프랑스의 행동하는 양심이었던 빅토르 위고가 왜 작품을 썼는지가 명백히 기술되어 있다. 그는 "단테가 시(詩)로 지옥을 상상했다면 나는 현실의 지옥을 소설로 만들려고 했다"고 밝혔다. 작가가 생각하는 불쌍한 사람들의 첫 번째는 '빈곤으로 말미암은 인간 존엄성의 훼손'으로 대표되는 장발장이다.

*

추위에 떨며 굶주리고 있는 일곱 명의 조카들을 위해 빵을 훔친 장발장은 절도죄로 19년을 교도소에서 보냈다. 죗값을 치르고 나왔지만 세상은 냉혹했다. 어떤 여관도 그를 받아주지 않았고 어쩔 수 없이 교도소로 다시 돌아가봤지만 문은 굳게 닫혀있었다. 개마저 그를 물어뜯으며 쫓아냈다. 아무리 발버둥쳐도 전과자라는 낙인에서 벗어날 수 없었다. 기득권을 위한 사회는 견고했다. 한 인간이 회생할 기회조차 허락하지 않았다. 짐승에게마저 외면당한 매몰찬 이 세계에서 유일하게 그를 받아준 사람은 미리엘 주교였다.

가진 것이라곤 절망과 전과 기록, 믿을 것이라곤 몸뿐이었던 장발장은 미리엘 주교를 만나면서 자신과 화해할 수 있었다. 주교는 앞으로 정직한 인간이 되어야 한다며 그를 북돋아 주었다. 남자의 불행은 관용으로 거듭났다. 장발장에서 마들렌으로 이름을 바꾸고, 새 인생을 살기로 결심한다. 공장을 통해 부를 일구었고 마차에 깔린 노인을 구하면서 시장 자리에까지 오른다. 온갖 차별과 질시를 받던 장발장에서 존경의 대상 마들렌으로 탈바꿈했다. 장발장은 능력이 있었다. 단, 제대로 된 교육을 받을 기회가 없었을 뿐이다. 최소한의 교육이나 복지 혜택조차 주어지지 않았던 프랑스 사회 구조는 수많은 하층민을 양산했다. 기회 불균등이 빚어낸 빈곤은 나날이 심각해졌다. 불행 중 다행으로 장발장에게는 미리엘 주교라는 은인이 있었고 새로운 삶을 살 수 있었지만 여전히 세상은 호락호락하지 않았고 불평등은 존재했다. 특히 미혼모에게는 더더욱 차가운 잣대가 가해졌다. 빅토르 위고가 두 번째로 불쌍하다고 생각한 사람은 '기아로 인한 여인의 추락', 팡띤느다.

장발장의 공장에서 일하는 팡띤느는 대학생의 농락으로 덜컥 임신이 됐고, 혼자 꼬제트를 키우고 있다. 아이가 있으면 일을 못하게 될까 봐 여인숙을 운영하는 테나르디에 부부에게 딸을 맡겼지만, 불행하게도 이들은 사회악의 대표적인 인물이다. 꼬제트를 빌미로 온갖 돈을 다 뜯어낸다. 이 부부뿐만 아니라 동료들을 비롯한 모든 사람들이 그녀에게 관대하지 않았다. 양육을 위해 계속 일을 하고 싶었던 간절함과 상관없이 딸이 있다는 사실이 밝혀지면서 정숙하지 못하다는 소문이 퍼졌고, 공장에서 쫓겨난다. 아이를 위해서 어떻게 해서든 돈을 벌어야 했던 엄마는 처음에는 아름다운 머리카락을 잘랐고, 다음으로 몸을 팔았으며, 도무지 빈곤이 해결될 기미가 보이지 않자 이마저 뽑았다.

성인이 되어 《레 미제라블》을 다시 펼친 것은 바로 이 대목 때문이다. 치과 치료가 힘든 사람들에게 무료 진료를 한다는 취지의 의학 다큐멘터리에 참여한 적이 있다. 내가 담당했던 출연자는 20대 중반이었는데 세 명의 아이를 두었고, 이가 11개나 빠져 있었다. 원인은 명확하지 않았다. 간혹 심각한 스트레스를 받으면 그럴 수도 있다는 것이 의사의 소견이었다. 취재를 위해 만난 그녀의 첫인상은 또래보다 훨씬 나이가 들어 보였고 단 한 번도 웃지 않았다. 이가 한두 개 빠지기 시작했을 때 병원을 갔더라면 최악의 상황은 피할 수 있었겠지만, 진료비가 부담되어 한 번도 가지 않았다. 음식을 씹기가 어려워 유제품이나 음료수, 미음에 가까운 죽만 먹으면서 3년을 살았다는 이야기를 덤덤하게 털어놓았다. 치과 진료비조차 쓸 수 없는 상황이 믿기지 않았다. 내색하지 않았지만 당혹스러웠다. 하필이면 그때 치아 교정을 하고 있던 내가 몹시 부끄러웠다. 이에 가지런히 붙인 교정기가 사치스러워서 입을 벌릴 때마다 자괴감이 묻어나왔다.

가난은 지독하리만치 무서운 것이었다. 세상에는 아무리 노력해도 해결되지 않는 빈곤이 존재한다. 그녀의 상황은 탈출구가 보이지 않았다. 한 분야에서 일을 한 경력이나 자격증이 없어서 구직이 쉽지 않았고, 아이들 때문에 하루 종일 집을 비울 수가 없었으며, 도와줄 친척이나 가족 역시 전무후무했다. 20대의 여자가 혼자 감당할 수 있는 삶의 무게가 아니었다. 함께 울어주는 것 말고는 해줄 수 있는 게 없어서 안타까웠다. 그나마 치료가 끝나고 마지막 촬영 때, 처음으로 보여준 그녀의 미소가 아주 조금은 자책감을 덜어주었다.

여전히 많은 팡띤느가 우리 사회에 살고 있다. 소설 속 그녀는 돈이 없어서 생니를 팔았고 매춘까지 하다가 설상가상으로 병을 얻어 죽음을 맞이한다. 비참한 운명은 궁벽한 여인들의 예고된 불행이었다. 잘 알지도 못하는 사람들은 거리로 나온 매춘부들에게 경멸을 퍼부었다. 그녀를 죽음으로 몰고 간 것은 선입견과 차별이었다. "편견이야말로 도둑이었고, 악덕이야말로 살인자"였다. 〈I dreamed a dream〉(영화 〈레 미제라블〉OST)의 가사처럼 이루어지지 않는 꿈이 있고, 헤쳐나갈 수 없는 풍랑이 있다. 이 세상은 내가 꾸던 꿈을 죽일 수도 있다. 가진 자들은 그것을 이해하지 못했다. 팡띤느를 헤아려준 유일한 사람은 같은 처지를 경험한 장발장이었다. 자신을 대신해 꼬제트를 거두기로 한 장발장의 약속은 죽음을 앞둔 그녀에게 구원과도 같은 것이었다.

절망 속에서 태어난 꼬제트는 빅토르 위고가 언급한 세 번째 불쌍한 사람, '무지로 인한 아이의 지적 발육 부진'의 주인공이다. 교육과 운명의 조건이 달랐더라면 꼬제트는 활달하고 사랑스러워 보였을 것이다. 아이에게 세상은 어두운 장막이었다. 깡마른 성냥개비 같던 꼬제트는 장발장의 보살핌 속에서 한 떨기 장미로 피어난다. 젊은 청년 마리우스를 만나 지난 상처도 극복한다. 이들은 프랑스의 민주화를 이끌어가는 미래의 상징적인 인물로 보다 나은 내일을 향해 나아간다.

꼬제트를 쭉 돌봐온 장발장은 이제야 안심하며, 마지막으로 "서로 사랑하는 것 이외의 다른 것은 별로 없다"는 말을 남긴 채 사랑을 눈물로 떨군 뒤 숨을 거둔다. "그날 밤에는 별이 없었고,

깊은 어둠이 펼쳐졌다."

19세기에 출판된 소설이 오늘날에도 영화, 뮤지컬 등으로 각색되어 사랑받는 이유는 책 속에 묘사된 프랑스의 현실이 지금과 크게 다르지 않아서다. 우둔한 리더를 둔 국가는 국민을 악으로 몰고 갔다. 핍진한 민중을 폭동으로 덮어씌웠다. 나 혼자 안간힘을 쓴들 올라서기가 버거운 곳이 현실이다. 그나마 과거에는 '개천에서 용 난다'라는 말이 있었다. 공부만 잘하면 가난해도 성공할 수 있다는 낙관이 있었지만, 오늘날엔 이마저도 헛된 구호로 들린다. 빈익빈 부익부는 극으로 치닫고 있다. 수준 높은 교육을 받고 자란 아이들이 좋은 대학을 가고 대기업에 입사해서 사회의 주류가 된다. 비슷한 부류의 사람들과 뭉쳐서 그들만의 리그를 형성한다. 부자들은 나날이 부자가 됐고 가난한 사람들은 갈수록 가난했다. 자비 없는 세상은 빈곤 앞에 관대하지 않았다. 불쌍한 사람들이 끝없이 양산됐다. 세기를 거듭해도 악순환은 개선되지 않고 있다.

그럼에도 불구하고 언젠가는 모든 사람이 살기 괜찮은 세상이 오리라는 막연한 희망을 저버릴 수가 없다. 그 믿음만이 오늘을 살아가게 하기 때문이다. 《레 미제라블》역시 꼬제트와 마리우스를 통해 가능성의 여지를 남겼고, 빅토르 위고는 탁한 세상을 밝혀줄 빛으로 '인류애'를 꼽았다.

장발장에게 그 빛은 미리엘 주교였고, 팡띤느에게는 장발장이었으며, 꼬제트에게는 마리우스였다. 결국《레 미레라블》의 주제는 '사람'이다. 우리를 어둠에 빠트리는 것도 사람이지만 꺼내주는 것 또한 사람이다. 우리 모두는 레 미제라블, 불쌍한 사람들이기에 서로를 끌어안고 살아가야 한다.

다큐멘터리 속 그녀의 손을 마주 잡았을 때 왈칵 쏟아내던 눈물을 기억한다. 유대의 진심은 그 어디에서도 사라지지 않았다. 세상은 지금 이 순간에도 끊임없이 변하고 있지만 그 안에서 결코 변하지 않는 것들이 있다. 사랑, 위로, 공감과 같은 마음과 마음을 놓아주는 다리들. 그 견고한 교각은 무너지지 않을 것이다. 세 아이의 엄마는 지난할지라도 반드시 잘 건너갈 것이다.

빛나지 않는 사람은 없다. 단지 먹구름에 의해 가려져 있을 뿐. 칠흑 같은 밤에 별은 더 반짝인다.

죽는 것은 아무것도 아니야.

다만 살지 않는다는 것이 끔찍하지.

《레 미제라블 5》, 빅토르 위고 지음, 이형식 옮김,
펭귄클래식코리아, 2010, 417쪽.

타인의 시선이란
감옥

《도리언 그레이의 초상 The Picture of Dorian Gray》
오스카 와일드 Oscar Wilde

유튜브를 시작했다. 글을 쓰는 것과 영상으로 옮기는 일은 완전히 달라서 많은 시간과 수고로움을 수반했다. 특히 촬영하는 날이면 조용한 분위기가 필요했는데 그날은 유난히 남편이 보는 영상 소리가 거슬렸다.

"여보! 제발 조용히 좀 해!"

날카로운 목소리에 소음은 일시정지. 눈치를 살피며 즉각 소리를 끈 그가 말했다.

"나한테도 유튜브에서처럼 다정하게 말해주면 안 돼? '여보, 소리 좀 낮춰주면 안 될까?' 청유형으로 말이야."

그는 마치 〈토끼와 거북이〉의 거북이처럼 느릿느릿한 말투로 부탁했다. 반박 불가의 지적에 모골이 송연했다. 잔뜩 인상을 찌푸린 채 분노를 내뱉는 민낯의 나와, 화장을 하고 입가에 미소를 띠며 친절하게 말하는 영상 속의 나는 내가 봐도 달랐다. 카메라라는 장치를 통해서 지적인 작가의 모습만 투영하려고 부단히 애쓰고 있었다. 늘어난 트레이닝복과 상반된 화면 속 블라우스 자체가 내 이중성의 증거였다.

내 속에 내가 많다고 했던 노래 가사처럼 내 안에는 수많은 내가 있다. 작가로서의 나, 아내로서의 나, 딸로서의 나, 며느리로서의 나, 친구로서의 나, 이 외에도 미처 다 알지도 못할 내가 존재한다. 사회라는 그물망 속에서 우리는 '페르소나', 즉 외부 세계에 의해 만들어지는 혹은 내가 타인에게 보여주고 싶은 인격 가면을 쓰고 살아간다. 가끔은 가면이 너무 많아서 어떤 모습이 진짜 나인지 스스로조차 헷갈릴 때가 있다.

*

보이는 모습에 집착한 나머지 파멸을 걷게 되는 남자가 있다. 눈부신 미모를 갖고 태어난 도리언 그레이는 우연히 쾌락주의적인 인생관을 가진 헨리 워튼과 화가 바질 홀워드를 알게 된다. 다비드가 환생한 듯한 그의 외모에 영감을 받은 화가는 이내 초상화를 그린다. 도리언은 그림을 통해 미처 몰랐던 자신의 아름다움에 눈뜨게 됨과 동시에 영원할 수 없는 미(美)의 속성에 슬퍼지기 시작한다. 현실에서는 이 젊음이 그대로 유지되고 그림 속 자신이 대신 늙어갔으면 좋겠다는 바람을 갖게 되는데, 순간 마술처럼 소원이 이뤄지면서 인생은 180도 바뀐다.

누구보다 달변가였던 헨리의 속삭임에 넘어간 도리언은 외모를 권력으로 여기게 됐고, 쾌락주의의 노예가 되어 즐거움만 추구하며 살아간다.

그러던 어느 날, 노동자들이 찾는 극장에서 셰익스피어의 희극을 공연하는 시빌 베인을 만나고 둘은 연인이 된다. 이상하게 그녀는 도리언을 만난 이후 연기에 집중하지 못한다. 무대위에서 사랑하는 척 연기하는 것은 진짜 사랑에 대한 모독으로 느껴졌다. 예술은 가짜일 뿐 현실이 진짜라고 주장하는 시빌베인은 더 이상 도리언이 사랑하는 여인이 아니었다. 그가 반한 건 오로지 무대 위에서 연기하는 그녀였다. 도리언은 결별을 선언했고, 곧이어 여인의 자살 소식이 들려온다. 현실의 그가 악행을 저지를 때마다 죗값이라는 듯 초상화의 얼굴은 추악해져 갔다.

타락의 수렁에 빠진 채 18년의 세월이 지났다. 도리언은 생생한 젊음 그대로였지만, 초상화는 늙어가고 있었다. 나날이 볼썽사나워지는 그림을 보며 끓어오르는 불안을 잠재울 수 없었던 그는 자신을 그려준 바질 홀워드를 원망하고 급기야 칼로 찔러 죽인다. 창조자를 없앤 후에도 불안이 사라지지 않자 초상화마저 찢어 버리는데, 그 순간 집안에 비명소리가 울려 퍼지고 경찰이 들이닥친다. 사건 장소에는 칼에 찔린 추악한 노인이 쓰러져 있었고, 손에는 도리언의 반지가 끼워져 있었다.

긴 머리에 튀는 의상, 카네이션을 꽂고 다니며, 진보적인 사상과 유쾌한 달변을 쏟아내던 오스카 와일드, 그는 자신이 누구인지 알고 싶었다. 작가의 말에 따르면 도리언 그레이는 그가 되고 싶은 존재였고, 헨리 워튼은 세상이 바라보는 그의 모습이며, 바질 홀워드는 현재 자신의 모습이었다. 《도리언 그레이의 초상》은 유미주의자, 동성애자, 천재 작가 등 수많은 타이틀 가운데 정체성 혼란에 갇혀버린 오스카 와일드가 진짜 나의 모습을 찾고 싶어서 쓴 글이다.

이 작품은 19세기 영국 문학계에 혹평과 호평을 한 몸에 받으며 센세이션을 불러일으켰다. 규범을 강조한 빅토리아 시대에 끊임없이 충격 주기를 시도했던 오스카 와일드, 사람들은 그에게 매료됨과 동시에 경계했다. 평단은 타락한 작품 대 인간의 관능을 찬양한 독창적인 작품으로 극명하게 나뉘었다. 남성을 지나치게 아름답게 표현했다는 이유로 동성애 논란도 일었다. 실제로 그는 동성애자였고 인정받지 못한 사랑은 법의 심판대에 오른 세계 최초의 동성애 재판으로 기록된다.

평온한 일상, 평범한 아내는 혁신적인 작가에게 별다른 영감을 주지 못했다. 지루한 일상을 보내던 탐미주의자 오스카 와일드에게 귀족 가문의 자제이자 시인이었던 더글라스 경이 나타난다. 둘은 곧바로 사랑에 빠졌고, 그는 마을 사람들에게 아낌없이 나눠주던 《행복한 왕자》처럼 더글라스에게 모든 것을 주었다. 심연의 가치를 내세우던 오스카 와일드와 다혈질이고 공격적인 더글라스의 만남은 아슬아슬 했지만 천재성을 소진하고 젊음을 낭비하고 있다는 일탈감은 끊을 수 없는 묘한 즐거움을 주었다.

쾌락의 대가는 혹독했다. 둘 사이를 눈치챈 더글라스의 아버지 퀸즈베리는 오스카를 남색자라며 공개적으로 힐난했고 이 추문은 재판으로 이어진다. 오스카는 승소를 자신하며 퀸즈베리를 명예 훼손죄로 역고소한다. 영국에서는 동성애가 금기시되었기에 모두가 이 재판을 말렸지만, 연인이었던 더글라스만이 부추긴다. 순전히 아버지에게 복수하고 싶은 치기 어린 적개심에서 나온 것이었지만, 오스카는 말려들었다. 하찮은 사랑에 운명을 걸었고 완벽하게 패소한다. 남색 혐의로 체포되어 미성년자 학대죄로 2년 중노동형을 선고받는다. 가족들은 따

가운 시선을 참지 못하고 외국으로 이주했다. 작가 역시 출소 후 국적이 박탈되어 영국에 머무를 수 없었다. 더글라스와 재회해 프랑스 등을 전전긍긍했지만 이 사랑도 곧 차가워진다. 이후 집필한 작품들은 큰 빛을 보지 못했고 옥중에서 얻은 병으로 일찍 세상을 뜬다.

초상화와 현실의 나 사이에서 혼돈을 겪었던 도리언 그레이 역시 진정한 자아를 찾아 마지막까지 헤맸다. 주인공이 그토록 집착했던 초상화는 오늘날로 치자면 SNS와 같은 것이다. 나 역시 일상인 듯 연출인 듯한 사진들을 SNS라는 초상화에 올렸다. 타인의 시선을 의식하지 말자는 글을 써놓고 게시물의 '좋아요'에 은근히 신경이 쓰였다. 모락모락 김이 나는 커피잔과 컴퓨터 자판을 포스팅하고 있는 내 앞에는 개어야 할 수건이 산적해 있고, 수면 양말을 신은 채 사진을 찍느라 다 식어버린 커피를 홀쩍이는 내가 있다. 애플리케이션 카메라로 찍은 잡티 하나 없는 뽀샤시한 얼굴은 내가 봐도 생경한데, 예쁘다는 댓글이 달리면 사진 속 내가 진짜 나라는 착각이 들었다.

《도리언 그레이의 초상》은 물었다. 과연 카메라 필터 없는 민낯의 나를 똑바로 바라볼 수 있는지. 진짜 나와 보여지는 나의 수평을 어떻게 맞출 수 있을지를.

도리언은 끊임없이 외적인 얼굴에 신경 쓰느라 자연스럽게 늙어가는 나를 인정하지 못했다. 젊음에 집착할수록 실제의 나는 부자연스러웠고 불행해져 갔다. 자태를 뽐내던 꽃은 시들기 마련이고, 찬란한 아름다움도 소멸한다. 세상에 영원한 것은 없다. 모두에게 차별 없이 공평하게 주어지는 것이 늙음이다. 있는 그대로의 나를 인정하는 것은 쉽지 않지만, 포장된 나로 평생을 살아가는 것이야말로 더 어려운 일이다. 결국 이 모든 굴레에서 벗어나려면 도리언이 초상화를 찢었듯 SNS를 끊는 것이 정답일지도 모른다.

SNS에서 벗어날 수 없다면 적어도 타인의 시선에서는 해방되어야 한다. 우리가 끊임없이 보이는 것에 집착하는 것은 결국 다른 사람들이 평가하는 나를 의식해서다. 냉정하게 보면 스쳐가는 타인의 '좋아요'와 '싫어요'는 내 인생에 직접적인 영향을 미치지 않는다. 마찬가지로 타인 역시 생각보다 나를 중요하게 여기지 않는다. 그러니 애써 폼잡을 필요도, 겉으로 보이는 다른 이들의 화려한 삶에 흔들릴 필요도 없다. 타인의 시선이라는 주파수를 끊을 때 '나'라는 안테나가 세워진다. 잘살고 있는 것처럼 보이고 싶어서 애써 들고 다녔던 까치발을 내려놓았다. 생긴 대로 걸어도 충분히 세상은 시야에 잘 들어왔다. 편안하게 땅을 밟으며 걸어갔다. 비로소 심상안주(心常安住), 마음이 편안함에 머물렀다.

망가진 삶?

어느 삶이든 성장이 멈출 수는 있지만

망가지지는 않지.

《도리언 그레이의 초상》, 오스카 와일드 지음, 윤희기 옮김,
열린책들, 2010, 121쪽.

돈의 황홀함과
씁쓸함

《종이달 紙の月》
가쿠다 미쓰요 Mistuyo Kakuta

첫 명품 가방은 루이비통이었다. 공모전에 출품한 다큐멘터리가 수상하면서 꽤 큰 상금을 받았다. 이 돈만큼은 저축이 아닌 나만을 위해 쓰고 싶었다. 몇 년을 밤낮으로 휴일 없이 일했으니 보상받을 자격이 있다고 스스로를 합리화했다. 한 번도 명품 매장에 들어가본 적이 없었던 나는 기죽고 싶지 않아서 가진 옷 중 최대한 좋아 보이는 정장을 입고 백화점에 갔다. 물론 나만의 착각이었다. 노련한 직원의 눈에는 겨우겨우 돈을 모아 가방을 사러 온 평범한 20대로 비쳤을 것이다. 애송이 초년생은 이런 곳에 자주 와본 사람인 척 최대한 자연스럽게 보이려 애쓰며 인터넷으로 봐둔 가방을 보여달라고 요청했다. 수십 번

검색했던 터라 이미 평균적인 가격은 알고 있었지만 기본적으로 0이 여섯 개 이상 찍힌 액수를 보니 심장이 쿵쾅거림으로 요동쳤다. '이 돈으로 무엇을 할 수 있을까?' 효용성에 관해 잠시 계산해보았다. 당장 석 달 치 월세를 내고도 남을 돈이었다. 명품 소비를 통해서 내가 얻게 되는 것은 무엇일까, 나는 꼭 이 가방을 사야만 할까?

나의 내적 갈등을 눈치챈 듯, 블랙 정장에 역시 까만 장갑을 낀 직원은 마치 고급 다이아몬드를 다루듯 조심스럽게 가방을 매만지며 장점들을 나열하기 시작했다. 지금 고객님 스타일이랑 매치가 잘 될 뿐만 아니라 전국에 이 상품이 몇 개 남지 않았으며 아마 다음 달부터 가격 인상이 있을 것 같다는 뻔한 이야기들이었다. 허나 장사치의 유혹 가운데 나를 부추긴 결정적한마디가 있었다.

"이 상품은 사람을 참 단아하고 귀해 보이게 만들어주죠."

분명 오늘 하루 동안에도 수십 번 반복했을 말일 텐데, '귀해 보인다'는 그 말은 우아한 나비가 되어 내 귀에 팔랑거렸다. 가방이 평범한 내 품격을 한층 올려줄 것만 같은 이상한 확신이 들었다. 사야겠다는 결심이 빛의 속도로 섰다. 심호흡을 한 번 하고, 최대한 목소리에 힘을 주며 가방을 사겠다고 말했다. 마치 기다렸다는 듯 "어머, 고객님 잘 선택하셨어요. 할부는 어떻게 해드릴까요?" 경쾌하게 묻는 직원의 질문에 무심한 듯 "일시불이요"라고 말할 때 묘한 쾌감이 스쳤다. 할부가 아닌 일시불로 고가의 제품을 살만한 여력이 되는 사람임을 은연중에 비춘 것만 같았다.

명품 로고가 중앙에 박힌, 내 몸을 다 가릴 만큼의 큰 종이가방을 익숙한 듯 어깨에 메고 백화점 문을 열고 나올 때 짜릿했다. 그럴싸해 보이는 상류층 사람이 된 듯한 기분마저 슬쩍 들었다. 태어나서 처음 돈이 주는 쾌락을 맛본 순간이었다. 동시에 두려웠다. 이 야릇함에 중독될까 봐.

돈은 한없이 달콤하지만 잘못 디디면 헤어나올 수 없는 늪과도 같다. 돈만 있으면 살 수 있는 값비싼 것들, 고품격 서비스, 예쁜 옷과 가방으로 치장한 나에게 보내는 부러운 시선은 또 다른 소비를 부추긴다. 대부분의 불행은 능력치가 이 욕망을 따라가지 못할 때 시작된다. 가쿠다 미쓰요의 소설 《종이달》은 바로 그 지점에서 출발한다.

*

리카는 돈이 주는 풍요를 욕망했다. 남편과 결혼해서 평범한 삶을 살고 있는 주부였지만 안정은 또 다른 의미로 무미건조함이기도 했다. 아이가 생기지 않았고 사는 게 재미없었다. 무엇보다 은연 중에 경제적 우월감을 비치는 남편으로부터 자립하고 싶었다. 운 좋게 은행에서 파트타임으로 일을 시작하게 됐고 곧 능력을 인정받아 계약직 직원으로 승격된다. 스스로 돈을 벌 수 있게 되자 잠시 잃어버린 내 삶을 되찾은 듯했다.

그녀는 유독 어르신들에게 인기가 많았다. 직접 은행에 오기 힘든 고령자들이 리카를 믿고 돈을 맡겼다. 이 가운데 히라바야시는 인색하기로 소문난 고객이었는데, 그의 집에 외근을 갔다가 손자인 대학생 고타를 만난다. 부모로부터 사랑받지 못한 고타와 남편과의 관계가 원만하지 않았던 리카는 '결핍'이란 공통점이 있었다. 둘은 곧 연인관계로 발전한다. 고타는 할아버지가 자산가임에도 불구하고 학비를 내지 못하고 있었고 이를 측은하게 여긴 그녀는 히라바야시가 예금으로 맡긴 돈을 고타에게 빌려 준다.

가볍게 시작한 일이었다. 어차피 고타는 히라바야시의 손자였고, 돈은 다시 채워 넣으면 될 일이었다. 그러나 이 행동은 일본 사회를 떠들썩하게 한 '은행 직원 10억 원 횡령 사건'의 시발점이 된다.

실제 사건을 바탕으로 한《종이달》은 리카와 고객들을 통해 1980년대 말 버블 경제의 끝자락, 부동산으로 부를 축적한 부모세대와 침몰 직전의 배에서 방황하는 자녀세대의 대비를 통해 일본의 사회상을 드러낸다. 기울어가는 경기 불황 속에서 여자들은 작은 빈부격차에도 예민하게 반응했다. 리카 역시 그런 부류 중 한 명이었다. "하찮은 것이어도 옷을 사고 액세서리를 사고 화장품을 하나 사면 그 초조함은 덜해졌다." 처음에는 퇴근 후 백화점에서 충동구매를 하는 것 정도가 일탈의 전부였지만 점차 그 규모가 커진다. 고타와의 데이트를 위해 다른 고객의 돈에도 손을 대기 시작했다. 둘이 지낼 고급 맨션을 마련했고, 나이 어린 연인에 걸맞도록 자신에 대한 치장도 아끼지 않았다. 어느새 리카는 돈이 주는 안락함에 중독되었다. 어색해서 익숙한 척 자기 암시를 걸어야 했던 호텔 스위트룸이 세상에서 가장 편안한 둘만의 낙원이 되었고 슈퍼카와 명품은 당연한 것이 되었다. 리카는 '내가 원래 이런 곳에 어울리는 사람이 아니었나'라는 착각에 빠진다.

《종이달》은 우리가 돈을 썼을 때 느끼는 기분을 상세하게 묘사하고 있다. 어떤 이유로 충동 구매를 하는지, 이후에 어떤 감정을 느끼는지, 마치 쇼핑 중독에 빠져본 사람만이 알 수 있을 법한 감정들이 영수증 구매내역처럼 정확하게 적혀있다. 리카가 돈에서 헤어나올 수 없었던 이유는 돈이 곧 나였기 때문이다. 그녀는 어렸을 때부터 내성적이고 조용한 아이였다. 남다른 포부랄 것도 없었고, 매사에 자기 주장이 강한 편도 아니었다. 일에 흥미가 없었지만 이직할 자신도 없어서 울며 겨자 먹기로 회사를 다니다 결혼하자마자 사표를 냈다. 무색무취의 색깔 없는 자신이 싫었고 정체성을 찾고 싶었다. 과거 연인이었던 가즈키가 말했듯 "누구보다 견고한 울타리에 살았던 리카는 자신이라는 틀을 부수고" 싶었다. 스스로를 파괴할 권리가 있다고 주장했던 작가 프랑수와즈 사강처럼 자신을 무너트리고 새로운 나로 태어나기를 갈망했다. 그녀는 돈을 쓸 때 살아 있음을 느꼈다. 허무를 충만으로 채워준 것은 돈, 혹은 돈을 쓰는 행위에 있었다. 없으면 아무것도 할 수 없지만 있으면 무엇이든지 할 수 있는 돈은 "만족감이라기보다는 만능감에 가까웠다. 자유라는 것을 처음으로 손에 넣은 듯한 기분이었다."

사태는 일파만파 심각해지고 있었다. 본인 역시 알고 있었지만 그만둘 수 없었다. 고속 모터를 단 쾌락의 동력에 속수무책으로 끌려갔다. 누구의 돈을 얼마나 출금했는지 파악이 안 될만큼 무작위로 돈을 빼 쓰던 그녀는 더 이상 돌이킬 수 없는 낭떠러지에 서 있음을 깨닫는다.

리카의 10억 원 횡령 사건이 전국에 보도되면서 주인공을 추억하는 세 명의 인물들이 등장한다. 표면적으로는 그녀와 달리 평온한 일상을 보내는 것 같지만 똑같이 돈의 하수인 사람들이다. 동창 요코는 과도한 절약 정신으로 가족들마저 힘들게 했고, 요리교실 친구 아키는 쇼핑 중독으로 이혼을 당하고 새 삶을 시작해보려 하지만 또다시 외로움을 쇼핑으로 달래며 살고 있다. 가끔 만나는 딸에게 값비싼 옷들을 선물하는 것으로 엄마 역할을 다하고 있다고 여긴다. 리카의 옛 남자친구 가즈키는 유복한 어린 시절로부터 헤어나오지 못해 쇼핑 중독에 빠진 아내와 이혼을 결심한다.

리카도 나머지 세 인물도 모두 돈에 서투른 사람들이었다. 돈으로는 사랑을 살 수도 없었고 공허함을 채울 수도 없었다. 돈이 나의 존재 이유가 되면, 나는 돈의 노예로 전락한다. 돈이 할 수 있는 일은 무궁무진하지만 본질은 종이에 불과했다. 종이로 만든 달은 종이일 뿐, 그 무엇도 밝힐 수가 없다.

제목 '종이달'은 부질없는 돈의 속성을 말함과 동시에 가족, 연인과 보낸 즐거운 한때를 상징한다. 일본에 사진관이 처음 생겼을 무렵 가짜 달을 배경으로 가족사진을 찍는 것이 유행이었다. 종이달이 호시절을 의미한다는 측면에서 보자면 리카의 행동에 면죄부를 줄 수도 있을 것이다. 삶이 외롭고 처량했던 그녀는 범법 행동이었을지언정 원 없이 돈을 펑펑 썼던 그 순간이 기쁨이었다. 횡령은 잘못된 행위이지만 돈을 훔쳐서라도 '나'를 사고 싶었던 리카의 어긋난 욕망에 아예 공감이 안 가는 것도 아니다.

《종이달》은 쇼핑 중독에 대한 반성, 내면의 가치 추구로 읽을 수도 있지만, 쾌락 추구를 무조건 나쁘게만 볼 것이냐는 질문에 대한 답으로 볼 수도 있다. 소설은 돈의 속성만큼이나 이중적인 의미를 전한다. 우리의 모습은 리카처럼 오늘만 사는 욜로족일 수도, 극단적인 절약으로 노후를 대비하는 요코와 같은 파이어족일 수도 있다. 이토록 제각각인 것이 인간의 마음이자 갈피를 잡을 수 없는 돈의 성격이다.

니체는 "정당한 소유는 인간을 자유롭게 하지만, 지나친 소유는 소유 자체가 주인이 되어 소유자를 노예로 만든다"고 했다. 소유를 돈에 대입해보면 돈에 대한 정의는 명확해진다. 적당한 돈은 삶을 자유롭게 하지만 지나친 집착은 역으로 우리를 옭아맨다. 문제는 '적당한'의 기준에 있을 것이다. 대한민국이란 좁은 땅에서 내 집 하나 마련하고자 고되게 살아가는 평범한 직장인에게 '적당한 돈'이란 얼마를 의미할까? 과연 나는 한낱 종이로부터 자유로워질 수 있을까? 좋은 것들이 쏟아져 나오는 물질만능주의 사회에서 독야청청(獨也靑靑) 안분지족(安分知足)

을 영위할 수 있을까? 대체 돈에 예속되지 않는 삶이 있기는 한 것일까? 종이달이 아닌 온전한 나를 비춰줄 수 있는 진짜 달을 찾기란 인간이 달에 가는 일만큼이나 어렵다.

엄청나게 큰 자유는 스스로는 벌 수 없을 만큼의
큰돈을 쓰고 난 뒤에 얻은 것일까,
아니면 돌아갈 곳도 예금통장도 모두 놓아버린
지금이어서 느낄 수 있는 것일까.

《종이달》, 가쿠다 미쓰요 지음, 권남희 옮김,
위즈덤하우스, 2014, 339쪽.

욕망이라는 이름의
괴물

《고리오 영감 Le Père Goriot》
오노레 드 발자크 Honoré de Balzac

독일에 살면서 다양한 한국인을 만났다. 만약 서울에 있었더라면 전혀 접점이 없었을 사람들이지만 '독일에 사는 한국인'이라는 단 하나의 이유가 타국에서는 친밀의 계기가 되었다. 우리처럼 공부를 위해서 온 경우도 있었고, 어학이나 자녀 교육 혹은 취업 등 이유는 다양했지만 결국 나도 그들도 더 나은 삶을 향한 열망이 다른 나라로의 이주를 이끈 셈이었다. 어떤 이는 욕망이란 이름의 전차를 타고 목표 지점에 도달했고, 또 어떤 이는 실패를 안고 돌아갔다. 성공하지 못했지만 꿈의 실현 가능성을 가늠해보는 기회로 보자면 시련은 또 다른 이름의 경험으로 남을 것이다.

끊임없이 탐하는 것은 인간의 본능이자 숙명이다. 모습만 다를 뿐 우리 모두에게는 욕망이 있다. 기본적인 의식주부터 시작해 금전욕, 출세욕, 명예욕, 과시욕, 일일이 나열하자면 끝도 없을 욕망을 품고 산다. 사회는 그야말로 욕망으로 뒤엉켜 있는 거대한 덩어리다.

*

오노레 드 발자크의 《고리오 영감》의 배경이 되는 파리 보케르 하숙집은 욕망이 북적거리는 곳이다. 마담 보케르는 남녀노소 가리지 않고 돈만 내면 하숙을 쳤고, 처지는 달랐지만 비슷하게 돈이 없는 사람들이 재기를 꿈꾸며 이곳을 드나들었다.

보케르관의 최고 연장자인 고리오 영감은 제면업을 통해 벼락부자가 된 자수성가형 사업가다. 아내와 일찍 사별한 후 유일한 혈육이었던 두 딸이 그의 전부다. 자매를 위해서라면 무엇이든지 했는데, 문제는 부성애를 표현하는 방식이 돈에 있었다는 점이다. 아버지는 딸들이 원하는 것은 이유를 막론하고 다 들어주는 것이 사랑인 줄 알았다. 자녀들은 고리오 영감이 피땀 흘려 번 돈을 당연하다는 듯 흥청망청 썼다. 아낌없이 주고도 모자라지 않나를 염려하는 것이 부모의 마음이라지만, 그 노고를 당연하게 받아들이는 딸들을 보면 영감이 가엾다.

돈은 가졌으되 권위는 가지지 못했던 고리오 영감은 자매의 신분 상승에 집착했다. 막대한 지참금으로 각각 귀족, 은행가 집안에 시집보내지만 사위는 물론이고 주류 세력에 편입한 딸들마저 아버지를 무시한다. 친정을 찾을 때는 급전이 필요할 때뿐이었다. 그때마다 돈을 내주던 그는 잘나가던 사업가에서 허름한 하숙집에 의탁해 근근이 살아가는 늙은이로 전락한다. 사람들은 고리오 영감이 어리석다고 수군거렸지만 그는 각자 사랑하는 방식이 있는 법이라며 어긋난 내리사랑을 합리화한다. 어쩌면 고리오 영감은 상황이 잘못 돌아가고 있음을 알았지만 쉽게 인정할 수 없었을 것이다. 자식에 대한 사랑은 개념부터가 사업과 달랐다. 애초에 계산기를 두드리며 이리저리 따질 수 있는 형태의 것이 아니었다. 아버지는 이유를 불문하고 딸들을 사랑할 수밖에 없었다.

한편 고리오 영감과 같은 하숙집에 사는 외젠은 출세에 대한 욕망으로 가득한 젊은이다. 책의 배경이 되는 19세기 프랑스는 빈부격차가 극심했던 시절로, 귀족 계층이 전체 부의 90%를 차지했다. 부푼 포부를 안고 시골에서 파리로 상경한 이 청년은 열심히 공부해서 법조인이 되는 것보다 귀족의 딸과 결혼해 지참금으로 출세하는 길이 더 빠르다는 것을 깨닫는다. 결혼은 성공으로 가는 편리한 사다리였다. 내 힘으로 겨우 올라가 봐야 출발부터가 다른 상속자들을 따라갈 수 없었다. 보편적인 가치로 보자면 당연히 사랑하는 사람과 결혼하는 것이 맞 겠으나, 현실에서의 결혼은 다양한 이해관계에 의해 성사된다. 조건만 보고 결혼했는데 의외로 잘사는 사람도 있고, 풍족하지 않은 남자와 사랑으로 부부가 되었지만, 돈에 허덕이며 자격지 심을 품고 살아가는 이도 있다. 저 친구는 조건만 밝힌다며 헐 뜯다가도 결혼 잘해서 호의호식하는 것을 보면 내심 팔자 운운 하며 부러워하는 것이 간사한 인간의 마음이다. 과연 누가 나 는 돈 앞에서 완벽하게 순수하다고 자신할 수 있을까. 이는 소 설 속에서 범죄자로 밝혀진 보트랭이 "그래서 당신은 우리보다 나으냐"고 물었을 때 누구도 떳떳할 수 없었던 것과 같다. 모두 가 떳떳함과는 별개로 잘살고 싶은 욕심이 있었다.

상류층 진입에 대한 열망으로 가득 찬 외젠은 친척 귀족 부 인의 도움으로 고위층 파티에 입장할 수 있게 됐고, 치장을 위 해 시골에 계신 어머니와 누이로부터 돈을 받아낸다. 겨우 마 련한 돈으로 사교계에 발을 디딘 그는 고리오 영감의 첫째 딸 나지의 외모에 반해 다가갔지만, 이미 그녀에게는 애인이 있었 다. 다음으로 둘째 딸 델핀에게 접근해 소기의 목적을 달성한 다. 당초 외젠은 자매가 고리오 영감의 딸인 줄 몰랐다. 두 사 람과 영감의 행색에는 너무 큰 차이가 있었다. 뒤늦게 서로가 이 사실을 알게 됐고 고리오 영감은 드디어 둘째 딸이 외로움에서 벗어나게 됐다며 기뻐한다. 겨우 남아 있던 재산을 탈탈 털어 외젠과 델핀이 지낼 집까지 마련해준다. 야금야금 돈을 타내는 건 첫째 딸도 마찬가지였다. 애인의 도박 빚을 갚아주다 남편에게 발각된 그녀는 급하게 도움을 요청하고, 노인은 마지막 재산이었던 은식기마저 팔았다.

모든 것을 앗아간 딸들은 더 이상 아버지에게 뜯어낼 것이 없다는 것을 알고 완전히 관계를 차단한다. 고리오 영감은 그 충격으로 병세가 악화되었고 차가운 하숙집에서 비루한 모습으로 세상을 등진다. 죽음을 목전에 두고서야 "딸들에게 오장육부를 항상 열어 보인 것"이 잘못된 것임을 알아차렸지만 때는 늦어도 너무 늦었다. 자매는 아버지의 장례식에조차 나타나지 않았고, 외젠만이 사비를 들여 장례를 치른다.

고리오 영감의 처참한 말로는 셰익스피어의 《리어왕》을 닮았다. 리어왕은 공주들에게 미리 자신의 영토를 나눠주는 바람에 배신당하고 미치광이가 된다. 그나마 리어왕에게는 착한 막내딸이 있었지만 고리오 영감에게는 아무도 없었다. 외젠이 임종을 지켰던 것은 불행 중 다행이다. 영감은 쓸쓸히 퇴장했지만 탐욕스러운 파리는 변함이 없었다. 외젠은 "이제 우리 둘의 대결"이라는 의미심장한 말을 내뱉으며 나아간다. 그는 파리

사교계에 환멸을 느끼면서도 다시 도전장을 내민다.

소설에는 발자크의 모든 욕망이 고스란히 담겨있다. 작가는 끊임없이 탐하는 인물이었다. 법학을 공부하다가 중퇴하고 소설가로 전업한 그는 파리의 변두리 다락방에 틀어박혀 습작생활을 이어갔다. 초반에는 작가로서 큰 빛을 보지 못했고 중간에 출판사, 인쇄소 등의 사업에 눈을 돌렸다가 10만 프랑의 빚만 진다. 이후에는 도스토예프스키와 비슷하게 빚을 갚기 위해 글을 써서 무려 100여 편의 작품을 남겼다. 정확하지는 않지만 하루 40잔 이상의 커피를 마시며 40일 동안 80시간밖에 잠을 자지 않고《고리오 영감》을 썼다고 전해진다. 그는 커피 중독자이자 소설 노동자였다. "커피가 위 속으로 들어가면 모든 것이 술렁이기 시작하며 작중 인물이 떠오르고, 흰 종이 위에는 검은 글씨가 놓였다"고 말한 바 있다. 작가가 일평생 커피로 카페인을 충전하며 엄청난 글을 쓸 수밖에 없었던 것은 막대한 빚과 끝끝내 버리지 못한 낭비벽을 충족하기 위함이었다. 그는 돈을 빌려서라도 치장을 해야 했다. 외젠과 마찬가지로 끝끝내 욕망의 수렁에서 벗어날 수 없었다.

돈이면 다 통하는 세상, 사리사욕을 채우기 위해서라면 무엇이든지 할 수 있는 사람들, 19세기의 파리는 21세기 서울의 복사판이다. 고리오 영감이 만들어낸 교육열은 이미 끓는점을 넘어섰고, 명문가의 배우자를 업고 상류층으로 진입하고 싶은 외젠도, 다른 사람보다 돋보이고자 빚을 내서라도 옷을 사는 두 딸들도 존재한다. 우리 부모님 역시 내가 자신보다 더 나은 삶을 살기를 바랐고, 경제적으로 여유로운 남자를 만나려는 열망이 내 밑바닥에 있었으며, 사회적으로 멋있어 보이고 싶은 갈망 또한 기저에 존재했다. 속물주의를 눈앞에서 목격했음에도 다시 상류사회에 뛰어든 외젠의 행보는 욕망을 결코 버릴 수 없는 우리 모두의 욕망을 대변한다. 그의 선택은 그토록 꿈꿔온 세상으로 데려가 줄 수도 있고, 지옥으로 끌어내릴 수도 있다. 평생 고만고만하게 살거나 한 번쯤은 모든 것을 걸어보거나, 어차피 인생은 50대 50의 확률 게임이다. 주사위는 던져졌다. 어디로 튈지 모르는 욕망이 누구의 편을 들어줄지는 주사위만이 알고 있다. 세상에 돈과 사랑, 권력이 사라지지 않는 한 인간의 욕망은 끝나지 않을 것이다.

마음을

다독이는 ─ 한 줄

각자 자신이 사랑하는 방식이 있는 법이죠.

나의 방식은 아무에게도 해를 끼치지 않는데

왜 세상 사람들이 나에 대해 말이 많은지 모르겠소.

나는 나의 방식으로 행복을 느끼오.

《고리오 영감》, 오노레 드 발자크 지음, 이동렬 옮김,
을유문화사, 2010, 171쪽.

실패할지라도
일어서기만 한다면

《파우스트 Faust》

요한 볼프강 폰 괴테 Johann Wolfgang von Goethe

열심히 살아왔다고 생각했는데 인생이 아무것도 아닌 것 같을 때가 있었다. 하나, 둘 쌓아 올린 것들이 스르르 모래알처럼 손가락 사이로 빠져나가버리는 공허함이 달의 주기처럼 찾아왔다. 어느 때는 원하는 것을 잡은 것 같다가도 어느 때는 진짜 내 것인 게 하나도 없었다. 어느새 나는 이뤄나가는 것과 동시에 이뤄온 것들을 돌아보는 나이가 되었다. 나름대로는 한눈팔지 않고 성실히 살아온 것 같은데, 지금 내게 남은 것은 무엇일까? 호랑이는 죽어서 가죽을 남기고, 사람은 죽어서 이름을 남긴다는데, 이름 석 자는커녕 살가죽만 방송국에 뜯기고 있었다. 그럼에도 나는 저항 한 번 못하는 소심한 사람이었고 동시에 새로운 것들을 채우고 싶은 사람이기도 했다. 성취에 대한 갈증은 있되 나이가 들면서 자신감이 쪼그라드는 것도 부정할 수 없는 사실이다. 실패해도 괜찮다는 말은 상대적으로 더 많은 시간이 보장된 청춘에게 주어지는 특혜 같았다. 넘어져도 다시 일어설 수 있는 힘이 20대만큼 넉넉할 것 같지 않았다. 다시 그때로 돌아간다면 나는 지금과 다른 삶을 만들 수 있을까?

*

비슷한 질문에서 악마와의 거래를 시작한 남자가 있다. 법학·의학·신학에 이르기까지 모든 학문을 섭렵했으나 인생의 허기와 지적 열망을 동시에 느끼는 학자 파우스트. 여전히 자신이 우둔하게 느껴지는 주인공 앞에 악마 메피스토펠레스가 나타나 해결사를 자처한다. 그가 원하는 모든 것을 다 들어줄 수 있지만 한 가지 조건이 있었다. 인생의 아름다움에 취해서 그 순간에 멈추면 안 된다는 것이었다. 만약 이 말을 내뱉게 된다면, 계약은 파기되고 지하세계로 내려가 메피스토펠레스의 노예가 되어야 했다. 일평생 추구했던 목표에 도달할 수 있다면야 어렵지 않은 조건이었다. 파우스트와 메피스토펠레스의 거래는 손쉽게 성사된다.

무엇이든지 할 수 있게 된다면 사람들이 가장 먼저 원하는 것은 무엇일까? 클레오파트라도 진시황제도 당신도 바라는 그 것, '젊음'이 아닐까. 다시 20대가 된 청년 파우스트는 거침 없 이 사랑을 한다. 순수한 그레트헨을 유혹해 연인이 되는데, 그 레트헨은 실제 괴테가 젊은 시절 짝사랑했던 인물이다. (대작가 의 여자관계는 꽤나 복잡해서 영혼의 친구였던 실러마저 잠시 그를 외면 할 정도였다. 하지만 정작 본인은 "오직 한 여자와 사랑을 오래 나눈 남자가 사랑의 본질을 더 잘 알고 있다"라고 정의했다.) 괴테는 자신을 어린애 취급했던 연상의 여인을 소설에 도입함으로써 이루지 못한 첫 사랑을 이루었다.

하지만 달콤함은 잠시였다. 메피스토펠레스는 소원을 들어 줌과 동시에 방해공작도 펼치는 이중적인 캐릭터다. 선과 악을 다 가지고 있었던 이 악마는 두 사람이 하룻밤을 보냈다는 사 실을 그녀의 오빠에게 일렀고, 파우스트가 오빠를 죽이게 만든 다. 이 충격으로 그레트헨은 정신착란을 일으키면서 파우스트 와의 사이에서 낳은 아이를 물에 빠트리고 어머니마저 죽음에 이르도록 해 감옥에 갇힌다. 상황이 이런데도 파우스트는 일말 의 죄책감이 없었다. 더 강렬한 욕망에 이르고 싶어 했다. 착한 그레트헨만이 죗값을 받겠다며 탈옥을 거부한 채 죽음을 맞이 한다. 그녀는 속죄했기에 죽어서 천상으로 간다.

2부의 파우스트는 행동반경을 확장해 여러 시공간을 오간다. 그리스 신들 사이에서 최고의 미녀로 꼽혔던 헬레나를 만나 사랑도 한다. 그는 더 이상 1부에서처럼 여인을 미혼모로 만들고 불행 앞에 도망가는 치사한 남자가 아니었다. 시간에 따라 성장하고 있었다. 헬레나와 결혼해 아들을 낳고 잠시 행복했지만, 모험심이 강했던 아이 오이포리온은 하늘을 날다가 추락사한다. 동시에 아내 헬레나도 사라져버린다.

찬란한 한때가 물거품처럼 사라지자 파우스트는 다시 현실로 돌아온다. 연륜을 통해 공훈을 세우고 황제로부터 바닷가의 넓은 간척지를 하사받는다.

인생을 총평해보자면 파우스트는 비극으로 끝났을지언정 절세 미녀와 사랑도 해봤고 일에서도 성공을 거두었으니 번영의 궤도를 걸었다. 그러나 우리가 끝까지 간과해서는 안 될 부분은 이 계약은 악마와 성사된 거래라는 점이다. 모든 성과는 메피스토펠레스의 힘이 있었기에 가능했다.

그는 지금이라도 벗어나고 싶었다. 악마의 도움 없이 모든 사람들이 잘사는 유토피아를 꿈꾼다. 자유로운 땅에서 만인이 평등한 공동체를 건설하는 환영에 감격한 나머지 해서는 안 될 말을 내뱉고 만다. "멈추어라, 너 정말 아름답구나!" 계약이 파기되는 순간이다. 메피스토펠레스가 회심의 미소로 그를 지옥으로 데려가려는 찰나, 천사와 그레트헨이 나타나 파우스트를 천상으로 인도한다.

과거에 짓밟은 순수가 오히려 이 남자를 구했다. 여기서 의문이 생긴다. 대체 왜 그녀는 손을 내밀었을까. 파우스트는 온갖 악행을 다 저질렀다. 1부에서는 사랑하는 연인과 가족마저 죽음으로 내몰았고, 2부에서는 간척지 사업에 방해가 된다며 노부부를 살해했다. 어떻게 이런 사람이 구원받을 수 있단 말인가. 여러 가지 견해가 있지만 파우스트가 신약성서를 번역하는 장면에서 약간의 힌트를 찾을 수 있다. 그는 처음에 "태초에 말씀이 있었다"로 번역했다가 말씀을 '뜻', '힘', 마지막에는 '행동'으로 바꾼다.

"태초에 행동이 있었다."

주인공은 행동했기 때문에 구원받을 수 있었다. 파우스트는 행동하는 인간이었다. 난봉 짓을 일삼으며 살인마저 서슴지 않았던 그가 천상으로 간 것은 한 번도 인생을 방관하지 않기 때문이다.

파우스트는 끊임없이 진리를 추구했던 괴테의 초상화였다. 작가가 되고 싶었지만 집안의 강요로 어쩔 수 없이 법대를 다녀야 했던 괴테는 라이프치히 대학교 근처의 맥주집 아우어바흐 캘러에서 자신의 문학을 정점에 올려줄 《파우스트》를 구상한다. 스물두 살에 집필을 시작해서 쉰여덟 살에 이르러 1부를 완성했다. 2부에 대한 구상은 이미 있었지만 친구 실러가 요절하자 그 충격으로 절필했다가 여든두 살에 마무리하면서 이 작품은 그의 유작이 된다. 《파우스트》를 완성하기까지 무려 60년의 세월이 걸린 셈이다. 책에는 청년기부터 노년기까지 괴테의 모든 사상이 총망라되어 있다.

괴테는 바야흐로 르네상스적인 인물이었다. 평생 글을 썼을 뿐만 아니라 바이마르 공국 재상과 도서관 관장을 역임했고, 파우스트와 마찬가지로 철학, 과학 등 다방면의 학문에도 밝았다.

한 번은 독일 바이마르에 있는 괴테의 집을 방문한 적이 있다. 워낙 규모가 커서 거의 반나절 이상을 머물며 둘러봐야 했다. 그의 집은 한때 심취했던 색채학에 의거해 응접실은 노란색, 예술품 수집실은 분홍색, 피아노 연주실은 파란색, 집필실은 눈에 편안함을 주는 초록색으로 구성되어 있었다. 글을 쓰다가 막힐 때는 산책을 할 수 있도록 서재 한 편에 문을 만들어 산책로로 이어지게끔 설계했다. 모든 것이 글쓰기에 최적화될 수 있도록 집을 계획한 작가의 치밀함과 한 사람의 유품이라고는 믿기지 않는 방대한 수집품에 혀를 내둘렀다. 그야말로 대단한 생을 살았던 사람이다. 범상치 않은 이 대문호가 그나마 인간적으로 느껴진 것은 생각보다 작은 침대뿐이었다.

괴테는 물질적·정신적 만족 모두를 추구한 사람이었고, 일도 사랑도 무엇이든지 불꽃 튀게 했다. 편하게 시간 속에서 빈둥거린다면 그것으로 인생은 끝이라고 여겼다. 한순간도 삶을 방종하거나 나태에 빠지도록 내버려 두지 않았다. 누구보다 치열하고 맹렬했던 삶 속에서 《파우스트》라는 명작이 탄생했다.

16세기 초 독일에서 활동했던 주술사 파우스투스 전설에서 시작된 《파우스트》는 독일어로 '주먹'이란 뜻을 갖고 있다. 라틴어로는 '행복한 사람'이란 의미도 지닌다. 제목처럼 주먹 꽉 쥐고, 정면 돌파한다면 누구나 궁극의 행복한 사람에 이를 수 있다. 괴테는 말했다. "걱정하지 말고 얼음 위를 나아가라, 네 자신이 길을 만들라."(〈용기〉, 괴테의 시) 비록 살얼음 위일지라도 행동하는 한 인간은 결국 앞으로 나아간다. 파우스트가 그랬고, 괴테가 그랬으며, 당신도 그럴 것이다.

인간은 노력하는 한

방황하는 법이니까.

《파우스트 1》, 요한 볼프강 폰 괴테 지음, 정서웅 옮김,
민음사, 1999, 24쪽.

그러니 우리는
사랑해야 한다

《자기 앞의 생 La vie devant soi》
로맹 가리 Roman Gary(에밀 아자르 Emile Ajar)

방송작가로 일하면서 많은 사람들의 인생을 만났다. 들어보면 사연 하나 없는 사람 없고, 고난과 역경을 겪어보지 않은 이 없으니 모든 사람의 인생이 드라마였지만, 이 와중에도 평생 잊을 수 없는 몇몇 인생이 있었다.

'입양' 특집으로 알게 된 한 가족의 사랑은 비현실적일 정도로 뜨거웠다. 대부분의 입양 가정들은 입양 사실 자체를 숨기는 경우가 많아서 출연을 기피했다. 섭외에 애를 먹고 있는 와중에 선뜻 마음을 내준 가족이 있었다. 자녀가 있음에도 장애가 있는 아이를 입양한 사례였다. 출연자는 아이를 보자마자 내 자식이라는 느낌이 들었다고 했다. 그 똘망똘망한 눈빛이 '나는 처음부터 당신들의 아이'라고 말하고 있었다고. 한 치의 망설임도 없이 입양을 결정했다는 이야기를 듣고, 대체 어떤 마음으로 인생을 살아야 이런 자애심을 가질 수 있을까 경탄했다.

나 같은 범인(凡人)은 좀처럼 가늠할 수 없는 넓고도 넓은 지점에 이 가족의 사랑이 있었다. 장애가 있는 아이를 항상 예의 주시하며 돌봐야 했지만 누구도 힘들어하는 기색이 없었다. 오히려 '복덩이'라고 부르며 애정을 쏟아부었다. 복덩이가 집에 온 이후 사이가 더 화목해졌다. 언니도 오빠도 아이를 보기 위해서 일찍 귀가했고, 부부는 양육에 대한 책임감으로 더욱더 열심히 살았으며 서로를 보듬었다.

두 눈으로 보고도 믿기지 않는 동화 같은 이야기를 조우한 뒤, 우리 사회를 지탱하는 힘은 혈연도 지연도 학연도 아닌 '보편적인 사랑'이라는 확신이 들었다. 피가 섞이지 않아도 가족이 될 수 있었고 그 사랑은 때로 피보다 진했다. 로맹 가리의 《자기 앞의 생》 속 모모와 로자 아줌마가 그랬듯 말이다.

＊

1970년대 파리의 외곽 벨빌, 두 사람은 엘리베이터도 없는 낡은 7층 건물의 맨 꼭대기 층에 산다. 높은 계단을 오르락내리

락해야 하는 수고로움만큼, 매일이 숨 고를 새 없는 고단한 하루다. 열 살 모모는(실제는 열네 살이지만) 매춘부의 아이들을 돌봐주는 로자 아줌마와 함께 산다. 가끔 엄마가 방문하는 다른 아이들과 달리 모모를 찾는 이는 아무도 없다.

혼자이기는 로자 아줌마도 마찬가지였다. 그녀는 유대인으로 아우슈비츠 수용소에서 탈출한 끔찍한 기억을 안고 살아간다. 지금도 그때의 악몽을 꾼다. 삶이 평탄하지 않아서 젊은 날엔 매춘으로 돈을 벌었고, 겨우 번 돈마저 자신이 가장 사랑하는 이에게 빼앗겼다. 밝고 아름다웠던 한 소녀는 세월의 무게로 인해 아무도 봐주지 않는 뚱뚱한 육신을 가진, 가끔 기억을 잃는 노인이 되었다. 아이를 맡겼던 다른 매춘부들이 다 떠나버렸고 그녀에게 남은 이는 모모뿐이었다. 로자 아줌마는 아이가 어른이 되면 자신을 버릴까 봐 실제 나이까지 속였지만 모모에게도 가족은 아줌마뿐이었다. 아이는 오히려 늙어가는 아줌마를 걱정했다. 머리카락이 급격하게 빠지는 그녀에게 가발을 사주지 못하는 것이 못내 가슴 아프다.

로자 아줌마와 모모의 주변 사람들도 힘겹게 생을 이어간다. 전직 권투 챔피언이었지만 현재는 여장을 하고 매춘부로 일하는 룰라 아줌마, 양탄자 행상을 했던 하밀 할아버지, 나이지리아 출신의 포주 은다 아메데까지 이민자, 유색인종, 노인, 매춘부 등 사회에서 소외된 사람들이 이곳에 모여 산다. 모모가 말했듯 세상은 불공평했다. "못생기고 가난하고 늙은 데다가 병까지 든 사람이 있는가 하면 그런 나쁜 것은 하나도 가지지 않은 사람들도 있었다."

그들은 가진 것이 없었지만 마음만큼은 누구보다 넉넉했다. 모든 어른들이 모모에게 사랑을 준다. 특히 아이와 하밀 할아버지가 주고받는 일상적인 대화들은 문장의 행간에 감정이 메이고 마음이 웅골해져 페이지를 넘기기가 어렵다. 하밀 할아버지는 어디에서도 배울 수 없는 삶의 지혜를 가르쳐준다. '완전히 희거나 검은 것은 없다'는 진리 같은 것을 말이다.

모모는 할아버지로부터 인생을 배웠고 할아버지는 모모로부터 온정을 받았다. 모모는 늘 하밀 할아버지의 이름을 불렀다. 그의 이름을 아는 사람이 있다는 것, 당신의 존재감이 살아있음을 상기시켜주기 위함이었다. 모모는 속이 깊은 아이였다.

아이는 아줌마와 오래도록 함께 살기를 바랐지만 그녀는 병들었고 죽음이 임박했다. 두 사람은 마지막 순간을 함께 보낼 장소로 아줌마가 공포를 느낄 때 숨곤 했던 지하실, '유대인 둥지'를 택한다. 지금까지 아줌마가 자신을 키워주었듯 이제는 자신이 그녀를 돌볼 차례였다. 똥오줌을 가리지 못해 지독한 냄새를 풍기는 아줌마를 꼬옥 끌어안았다. 그렇지 않으면 아줌마가 자신에게 냄새가 나는 걸 알고 창피해할 것이 분명했다.

아이는 사람들이 시체 썩는 냄새를 좇아 지하실 문을 열기까지, 3주 동안 아줌마 곁을 떠나지 않았다. 로자 아줌마는 숨을 쉬지 않았지만 모모에게 그런 건 상관없었다. "숨을 쉬지 않아도 사랑했으니까." 목숨은 끝나도 사랑은 끝나지 않는다.

자신에게 혹평을 쏟아내는 프랑스 문단을 조롱하며, 에밀 아자르라는 필명으로 활동한 로맹 가리. 그는 이 작품을 통해 평생 한 사람에게만 주어지는 공쿠르 상을 두 번이나 수상한 유일한 작가로 기록되었다. 작가, 레지옹 도뇌르 훈장 수상자, 영화감독, 영화배우 진 세버그와의 결혼 등 삶 자체가 한 편의 영화였고 스포트라이트를 받았던 유명 인사였지만 마지막은 권총자살이라는 비극이었다. 로맹 가리는 자신이 살았던 1970년대를 경박함이 지배하는 시대로 표현했다. 경박함에 자신을 내어주지 말라고도 했다. 스스로 생을 마감한 것은 경박함에 속박당하지 않기 위함이었을까. 일평생 사랑을 썼지만 정작 자신은 외로웠던 것일까. 나를 사랑하는 최후의 방법이 죽음이라고 여겼던 것일까. 정확한 이유는 알 수 없다. 다만 작가는 이렇게 말했다. "이제 살고 싶은 마음이 없어요. 그게 세상에서 가장 오래된 사는 방식이라오."(《여자의 빛》, 로맹 가리 지음, 김남주 옮김, 마음산책, 2013)

그는 수많은 '그럼에도 불구하고'를 품고도 사랑을 믿었다. 《자기 앞의 생》이 바로 그 증거다. 모모는 할아버지에게 "사람은 사랑 없이 살 수 있느냐"고 물었다. 할아버지는 "그렇다"고 말했지만 부끄러운 듯 고개를 숙였고 울음을 터트렸다. 사람은 사랑 없이 살 수 없기 때문이다. 작가는 사랑 없이 사는 것은 몹시 지루할 것이라고 했다. 인간은 사랑 없이 살 수 없다. 그것은 진리다.

《자기 앞의 생》이 보통의 사랑보다 좀 더 특별한 이유는 '정의'에 있다. 가령 결혼의 이유에 대해서 둘이 행복하게 잘살기 위함이 아니라 "고통을 서로 나눠 가질 수 있어서"라고 설명한다. 어쩌면 '함께'라는 부사는 슬픔을 나누기 위해서 태어난 것이 아닐까. 사회의 어두운 민낯을 다룬 이 책이 전혀 슬프게 다가오지 않는 것은 비극을 나눔으로써 사랑으로 치환한 것에 있다. 모모도 로자 아줌마도 하밀 할아버지도, 마음으로 낳은 아이를 예쁘게 키우는 가족도, 모두가 슬픔을 사랑으로 껴안았다.

주저앉고 싶은 순간에 함께 앉아주는 사람, 펑펑 우는 내가 창피할까 봐 같이 울어주는 사람, 기꺼이 우산 밖으로 나와 나란히 비를 맞아주는 사람, 그 사람들로 인해 우리는 살아간다. 내 앞에 놓인 다음 생을 향해 한 발자국 내디딜 힘을 얻는다. 모모가 말했듯 우리가 가진 것은 사랑뿐이니까. 우리는 그것만은 지켜야 하니까.

◇

우리가 세상에서 가진 것이라고는
우리 둘뿐이었다.
그리고 그것만은 지켜야 했다.

《자기 앞의 생》, 로맹 가리 지음, 용경식 옮김,
문학동네, 2003, 228쪽.

위로가 깨운 눈부신

아침

세상은
쓴맛이 났다

《싯다르타 Siddhartha》
헤르만 헤세 Hermann Hesse

10대의 나는 어딘가 이 세상 사람이 아닌 듯 보헤미안 이미지를 풀풀 풍기며 등장한 자우림의 김윤아를 동경했다. 자유로운 영혼을 소유한 자만이 가질 수 있는 특유의 분위기와 한 번들으면 잊을 수 없는 강렬한 목소리에 매료되었다. 앨범뿐만 아니라 각종 인터뷰 및 소식들을 부단히도 모았는데, 어느 장에선가 그녀가 헤르만 헤세를 짝사랑한다는 대목을 읽었다. 지금 이 시대가 아닌 저세상 사람을 흠모한다는 표현에 '역시 김윤아구나' 고개를 끄덕였고, 헤르만 헤세를 알고 싶어졌다. 응당 멋있는 사람이 되려면 헤세 정도는 좋아해줘야 한다는 허세 아닌 허세가 동했다.

많은 10대들이 그러했듯 병적으로 남들과는 다른 멋짐을 갈망하던 시절이었다. 헤세의 책을 닥치는 대로 읽었는데 비슷한 이유로 《데미안》보다는 《싯다르타》에 끌렸다. 지금이야 두 책 모두 훌륭하다는 것을 알지만 그 당시 《데미안》은 유치하게 느껴졌다. 단순하게도 나와 같은 10대의 이야기를 다루고 있어서였다. 어른이 되고 싶었던 소녀에게 또래의 이야기가 눈에 들어올 리 없었다.

《데미안》이 청소년기의 성장통을 그렸다면 《싯다르타》는 그 이후의 삶, 어른의 인생을 말한다. "내 속에서 솟아 나오려는 것. 바로 그것을 살아보려고 한" 데미안의 후속편인 셈이다. 두 소설의 공통점은 인간의 내적 성장 과정이다. 작가가 전 생에 걸쳐 놓지 않았던 주제이기도 하다. 이는 일평생 앓았던 우울증에 기인한다고도 볼 수 있을 것이다. 헤르만 헤세는 《데미안》을 쓴 1916년부터 《싯다르타》 집필을 시작한 1919년까지 일상이 불가능할 정도의 정신질환을 앓았다. 일기에는 불안과 우울을 호소하는 글들이 적지 않다. 두 번이나 자살을 시도했고 정신분석학자 융으로부터 치료를 받기도 했다. 계속되는 심적 불안함으로 쓰기를 잠시 중단했다가, 1922년에 이르러서야 《싯다르타》를 발표한다.

가장 힘들었던 시기에 쓴 작품이기 때문일까.《싯다르타》는 '인생은 고해(苦海)'라고 했던 붓다의 말처럼, 태생적으로 생로병사(生老病死)의 숙명을 갖고 태어난 인간의 고통과 이를 이겨내고 내면의 평화로 나아가는 구도자의 길을 제시하고 있다. 제목이《싯다르타》라고 해서 종교적인 의미의 불교를 다루고 있지는 않다. '붓다의 일대기'가 아닌 싯다르타라는 '한 인간의 이야기'에 가깝다.

＊

인도의 최상위 계층, 브라만 계급으로 태어난 싯다르타는 부족할 것 없는 유년기를 보낸다. 총명한 데다 성품까지 고왔던 그는 기쁨을 주는 아들이었다. 모두가 그를 좋아했다. 남들이 보기에 부족할 것 없는 인생이었지만 정작 자신은 만족하지 못했다. 부모님은 늘 그릇을 가득 채워주었지만 허기는 좀처럼 가시지 않았다. "세상은 쓴맛이 났다. 인생은 끊임없이 지속되는 극심한 고통이었다." 싯다르타는 사람은 왜 태어나고 병들고 늙고 죽는지 그 원인을 알고 싶었다. 생로병사는 물음표투성이였지만 아무도 가르쳐주지 않았다. 스스로 이 문제에 대한 답을 찾고자 같은 브라만 계급이었던 친구 고빈다와 출가를 결심한다. 부모님조차 이미 마음이 돌아선 아들을 붙잡을 수 없었다. "쏜살같이 날아가는 화살처럼 되돌릴 수 없는 단호한 결심을 읽을 수 있었기 때문이다."

두 남자는 사문의 행렬에 합류했다. 깊은 고행이 시작되었다.

싯다르타는 극도의 수행과 금욕을 이겨냈지만 답을 구하지
는 못했다. 오히려 극심한 수행을 했는데도 얻지 못한 도(道)에
대한 목마름만 깊어갔다. 최고의 영적 스승으로 불리던 붓다도
만나보았지만 소용없는 일이었다. 다른 선택이 필요한 시점이
었다. 그는 과감히 사문 집단에서 이탈해 독자 노선을 가기로
한다.

홀로 숲을 포행(布行)하던 싯다르타는 '카말라'라는 아름다운
여인을 만난다. 그녀를 통해 처음 사랑에 눈떴고 관계와 소유
를 배웠다. 명석했던 그는 부자가 되었지만 돈이란 쉽게 사라
지는 속성을 가지고 있었다. 도박에 빠졌고 큰 판돈을 걸었을
때의 짜릿한 두려움을 사랑하게 되었다. 도박은 똑같이 반복되
는 일상에 살아있다는 생동감을 부여했다. 낮에는 물건을 팔
고, 밤에는 도박을 일삼으며 술을 마시다 잠이 들었다. 쾌락을
좇으면 좇을수록 싯다르타의 마음은 가난해졌다.

욕망을 추구하고 좌절하기를 반복하는 주인공의 모습은 흔
히 알고 있는 붓다의 일생과는 다르다. 나는 위대한 성인이 아

닌 보통의 사람을 통해 한 인간의 고뇌를 읽었다. 쳇바퀴처럼 굴러가는 일상에서 벗어나고 싶었다. 나를 옥죄는 굴레들이 무수히 많았다. 세상은 자주 깐깐하게 굴었고 쌀쌀맞았다. 삶과 진로에 대한 고민은 계절처럼 찾아오는 감기와 같은 것이었다. 대학 졸업 직후가 그랬고, 서른을 맞이했을 때도 같은 질문을 했으며, 지금도 이따금 자문한다. 나는 무엇을 좇고 있는지, 내가 가는 이 길이 맞는지.

싯다르타는 속인들과 비슷한 고민을 했지만 한 가지 다른 점이 있었다. 어떤 장애물이 있을지라도 생각을 100% 행동으로 옮겼다. 고(苦)에서 벗어나고자 고행으로 자신을 없애려 했고, 탐욕으로 자아를 덮어보려고도 했다. 극단적인 절제와 넘치는 욕망, 그 무엇도 말끔히 해명해주지 못했다.

여기서 싯다르타는 다시 한 번 결정을 한다. 카말라와 단호하게 결별하고 또다시 길 위에 선다. 늘 그러했듯 싯다르타는 결단이 서면 뒤도 돌아보지 않고 직행했다.

속세에서 벗어난 싯다르타는 강으로 간다. 그는 나루터에서 만난 뱃사공과 강물로부터 세상의 이치를 발견한다. 자연은 항상 같은 곳에 있었고 변하지 않았으며 계절의 변화에 따라 성장했다. 강을 볼 때 마음이 탁 트이는 것은 그만큼 강의 마음이 넓어서다.

《싯다르타》를 비롯해 헤르만 헤세의 작품에는 강, 즉 물이 자주 등장한다. 예컨대 《수레바퀴 아래서》에서 등장하는 수레바퀴는 물의 흐름에 따라 흘러가는 인생의 굴레를 의미한다. 물에 대한 깊은 상징화는 동양 사상에 대한 작가의 지대한 고찰에서 흘러왔다. 외할아버지는 선교사이자 저명한 인도학자였으며, 아버지 역시 인도에서 선교사로 활동하며 동양 철학에 몰두했다. 이런 집안 환경 덕분에 작가는 어렸을 때부터 자연스럽게 동양 사상을 접하게 됐고, 꾸준히 관심을 가져왔다.

동양 철학에서 물은 만물의 모태(母胎)다. 한계가 없는 포용력, 수용성을 가졌다. 물은 높은 곳에서 아래로 흐르며, 담는 그릇에 따라 형태가 달라지는 속성을 갖고 있다. 거울이 없던 시절에 물은 나를 투영하는 거울이기도 했다. 물을 본다는 것은 나 자신을 보는 것이고, 그런 물을 이해한다는 것은 곧 인생을 이해한다는 것이었다.

모든 것을 품어주는 강물, 나 자신을 투영하는 강물, 찬란한 햇살 아래 유유히 흘러가는 강물, 한때는 목숨을 버리고 싶었던 그 강물에서 싯다르타는 마침내 깊은 사랑을 보았다. 다시는 강을 떠나지 않겠다고 다짐한다. 그토록 갈구했던 깨달음에 이른 것이다. "그의 눈에 빛과 그림자가 지나갔고 그의 마음속에 별과 달이 지나갔다." 마침내 탐진치(貪瞋癡)로 점철된 현실의 강 너머 피안(彼岸)의 세계에 도달했다. "깊은 명상에 잠겨, 정신을 순화시키고, 찰나 속으로 몰입하는 자, 그의 마음의 행복은 이루 말로 표현할 수 없으리라."

싯다르타가 진리에 이를 수 있었던 것은 스스로의 노력이 가장 큰 요인이겠으나, 정작 본인은 매몰차게 끊어버린 관계의 역할도 간과할 수 없다. 친구 고빈다, 연인 카말라, 뱃사공 바수데바 등 그는 인연이란 계단을 통해 새로운 관문을 통과하고 내면의 평화에 올라섰다. 씨실과 날실이 직조되어 비단을 짓듯 인연과 인연이 만나 삶에 새로운 빛깔을 부여한다. 관계는 때로 마음에 생채기를 남기기도 하지만 새살이 돋게도 한다. 우리는 얽히고 섞이며, 고민하고 해결하며, 베였다 아물며, 흔들렸다 다잡기를 반복하며 한 생을 걸어간다.

수많은 관계망으로 얽힌 행로를 가다 보면 이따금씩 길을 잃기도 한다. 현자에 이른 싯다르타마저 방황하던 시절이 있었다. 번민하는 것은 당연한 일이다. 심지어 길을 잃은 여행자에게 길잡이가 되어주는 나침반마저 파르르 떨리며 위치를 찾아간다. 만약 흔들리지 않는다면 그것은 고장 난 나침반일 것이다. 누구나 휘청거릴 수 있다. 다만 '열반(涅槃)'이라는 확실한 목표를 세웠던 싯다르타처럼 중심만 기억하면 된다. 나침반의 붉은 바늘은 항상 북쪽을 향한다.

마음을

다독이는 ─ 한 줄

내가 가는 이 길은

나를 어디로 인도할까? (중략)

이 길이 어디로 이어지든,

나는 이 길을 가고 싶다.

《싯다르타》, 헤르만 헤세 지음, 김길웅 옮김,
열림원, 2014, 137쪽.

상처를 이겨내는
가능성의 편린들

《노랑무늬영원》
한강

[하필이면]: 되어 가는 일이 못마땅하여 돌이켜 묻거나 꼭 그래야 하는 이유를 진지하게 캐물을 때 쓰인다.

공교로운 상황에 직면했을 때 '하필이면'이란 부사를 사용한다. '하필이면 내가 여행할 때 비가 왔다'라든지 '하필이면 내가 갔을 때 가게 문이 닫혔다'라든지, '하필이면'은 곧잘 부정의 뉘앙스를 달고 온다.

코로나19로 인해 꼼짝없이 집에 갇혀있어야 하는 시기에 '하필이면' 오른쪽 검지 마디가 부어올랐다. 집에서 하는 일의 대부분이 스마트폰과 노트북에 끄적이는 것이었으니 부단히도 손을 혹사시켜 얻은 당연하면서도 잔혹한 결과물이었다. 하룻밤 자고 일어나면 보란 듯이 어제보다 더 봉긋이 부어있는 손가락에 조바심이 일었다. 긴급한 상황 외에는 병원을 이용할 수 없었는데, 내 상태는 심각한 부상이라고 하기엔 미흡해보였고 방치해두자니 통증이 심해졌다. 하필이면 이 시국에 손가락이 부을 게 뭐람. 하필이면 코로나19가 터져서, 하필이면 독일에 살아서, 하필이면... 하필이면... 하필이면의 메아리가 줄줄이 소시지마냥 이어지면서 우울의 동굴로 나를 밀어넣었다.

평소에 인지하지 못했을 뿐, 신경을 쓰고 보니 오른쪽 검지는 일상에서 빈번하게 사용하는 부위였다. 세수할 때, 물건을 집을 때, 요리할 때도 검지가 닿지 않는 곳은 없었다. 특히 컴퓨터 키보드에서 한글을 칠 때, ㅛ, ㅗ, ㅜ, ㅡ의 모음이 검지를 필요로 했다. 검지를 중지로 대체해 자판을 두드리면서 혹시라도 이 부기가 가라앉지 않을까 노파심이 일었다. 손을 못 쓰게 되었을 때의 공포는 얼핏 상상만 해도 끔찍했다.

"손이란 그런 것이다. 한 사람의 거의 전부다."

*

한강의 단편소설집《노랑무늬영원》에서도 하필이면 손을 다친 화가가 주인공으로 등장한다. 그녀는 사고로 인해 왼손이 망가졌고 그나마 건강했던 오른손마저 과도하게 쓰는 바람에 양손을 다 못 쓰는 처지가 된다. 처음에는 위로하고 돌봐주었던 가족들도 시간이 지나면서 지쳐갔고, 작품 활동뿐만 아니라 일상 자체가 곤두박질한다. 삶은 나날이 하강하며 나락으로 떨어졌다.

이야기는 손목 질환으로 컴퓨터 대신 손으로 글을 쓰다가 그마저도 어려워지면서 2년 가까이 집필을 못했던 작가의 자전적 경험을 바탕으로 한다. 상황이 호전되지 않자 볼펜을 거꾸로 잡고 자판을 하나하나 두드려 글을 썼다. 그 상황에서 겪었을 망연자실은 누구도 이해하지 못할 오롯이 자신과의 싸움이었으리라 짐작된다.

2012년 《노랑무늬영원》이 발표되었을 때, 담당하던 프로그램을 통해 한강 작가를 만난 적이 있다. 화장기 없는 민낯, 검고 정갈한 단발머리, 찬찬한 말투, 무채색의 외투가 작가에 대한 첫인상이었다. 글만큼이나 간결한 사람이라는 인상을 받았다. 결이 섬세한 사람이라고도 느껴졌다. 얼핏 가녀려 보였지만 범상치 않은 단단함이 곧게 세워져 있었다.

작가의 글은 낮은 곳에서 시작해 사회 혹은 개인의 어두운 내면을 마주하게 한다. 누구나 안쪽에 하나쯤은 품었을 슬픔을 담담히 그려내면서도 좌절을 쓰지 않는다. 어떻게 해서든지 깊은 절망에서 아주 작은 실낱같은 희망을 길어 올린다. 그것이 내가 그녀를 좋아하는 이유였고, 《노랑무늬영원》의 주인공도 마찬가지였다.

극복의 계기는 우연히도 친구의 아이가 기르던 도마뱀을 마주하면서였다. 매정하게 잘려나갔지만 다시 차오르는 도마뱀의 새로운 손을 통해 주인공은 눈부신 경이를 느낀다. 손은 다쳤지만 감각은 살아있었다. 활발하지 않았지만 꿈틀거리고는 있었다. 그것이면 충분했다. 언제고 상처는 아문다. 다만 시간이 걸릴 뿐이다. 그러니 지금 느끼는 슬픈 감정을 너무 빨리 없애려 애쓰지 않아도 된다. 더디게 느껴지는 지옥 같은 그 시간이 나의 새살이 될 테니. 아프고 뒤틀리고 절망적인 순간도 세월이 지나 되돌아보면 더없이 단단한 무늬로 새겨져 있음을 발견하게 될 테니.

부어오르기를 거듭하던 나의 검지도 시간이 지나면서 차츰 나아졌다. 거짓말처럼 근육이 아물어 체념의 정점에서 빛을 만났다. 물론 코로나19는 사그라지지 않았다. 마치 전 인류가 '상처 극복 시험'을 치르는 것만 같다. 역설적이게도 모두가 같은 공부를 하고 있다는 사실이 위로가 되었다.

나는 《노랑무늬영원》에서, 아이의 미소에서, 점점 더 눈부셔지는 햇살에서, 작은 상처의 회복에서 가능성의 편린들을 보았다. 그 자그마한 것들을 움켜쥐고 다시 일어설 힘을 얻는다. 지금까지 삶은 상처와 회복의 순환을 거듭해왔고 앞으로도 그러할 것이다. 고통받고, 뭉개지고, 내팽개쳐질지라도 기어이 회복하고 만다. 그것이 바로 당신과 나, 우리의 속성이다.

마음을

다독이는 — 한 줄

⬦

노랑은 태양입니다.

아침이나 어스름 저녁의 태양이 아니라,

대낮의 태양이에요. 신비도 그윽함도 벗어 던져버린,

가장 생생한 빛의 입자들로 이뤄진,

가장 가벼운 덩어리입니다.

그것을 보려면 대낮 안에 있어야지요.

그것을 겪으려면. 그것을 건디려면.

그것으로 들어 올려지려면...

그것이, 되려면 말입니다.

《노랑무늬영원》 수록 단편 〈노랑무늬영원〉, 한강 지음,
문학과지성사, 2018, 293쪽.

당신은 누구를 기다리며,
누구의 기다림인가 ＿＿＿＿

《고도를 기다리며 En Attendant Godot》
사무엘 베케트 Samuel Beckett

매일 찾아오는 하루 가운데 똑같이 하는 일 중 하나는 '기다림'이 아닐까 싶다. 우리는 약속 장소에서 사랑하는 이를 기다리고, 신호등에서 초록 불이 켜지기를 기다리고, 찻물이 우러나기를 기다리고, 상처가 치유되기를 기다리고, 언젠가 찾아올 근사한 어느 날을 기다린다. 그렇게 날마다 무엇인가를 기다리고 또 기다린다. 한 연구 결과에 의하면 인간이 일평생 기다리는 시간은 평균적으로 6~7년 정도라고 한다. 기다려도 오고, 기다리지 않아도 찾아올 순간들이지만 그 시간을 어떻게 보내느냐에 따라 7년을 기대와 설렘으로 보낼 수도, 조바심내며 불안한 마음으로 보낼 수도 있을 것이다.

2020년의 우리 모두는 '평범한 일상의 귀환'을 기다렸다. 불안함보다는 평정심이, 공포와 울분보다는 이성과 차분함이 동반하는 기다림이기를 바라며 힘겨운 시간을 보냈다. 코로나19 이전의 시대로 돌아갈 수 없을 것이라는 비관론이 우세했지만 긍정을 잃고 싶지 않았다. 기다림이란 희망의 다른 이름이라고 믿었다.

제1, 2차 세계대전을 겪으며 전 세계가 핏빛으로 가득했던 시절, 사무엘 베케트는 평화를 기다리는 마음으로 《고도를 기다리며》를 집필했다. 역사의 소용돌이 속에서 인간의 무능력함, 존재의 부조리함을 느낀 작가는 삶 자체를 '기다림'으로 정의한 이 작품으로 노벨문학상(1969년)을 받는다.

*

기다림의 대명사라고 해도 과언이 아닌 《고도를 기다리며》는 제목이 곧 줄거리다. 말 그대로 '두 남자가 고도를 기다리는 이야기'다. 고도를 기다리는 것 외에는 어떤 사건도 일어나지 않는다. 배경조차 큰 나무 아래가 전부다.

극 중엔 네 명의 인물이 등장한다. 블라디미르는 인간의 정신적 측면을 상징하며 반드시 고도가 나타나 구원해줄 것이라고 믿는 쪽이다. 반대로 인간의 쾌락적 측면을 상징하는 에스트라공은 기다림을 힘들어하고 떠날 것을 재촉한다. 극 중간에 포조와 럭키가 출연하는데, 포조는 럭키의 주인으로 그를 짐승처럼 하대한다.

블라디미르와 에스트라공은 첫 등장부터 퇴장까지 고도만 기다린다. 고도가 누구인지 왜 기다리는지 목적도 명확하지 않지만, 확실한 것은 기다림이란 매우 지루하다는 것이다. 그들은 이 심심함을 말로 채운다. 대부분 쓸데없는 농담과 이해할 수 없는 이야기들이다. 대화는 때로 어이가 없고 우스꽝스럽지만 침묵보다는 나았다. 말을 한다는 것은 살아있다는 증거였다. 한 예로 포조의 하인 럭키는 주인의 명령에 의해서만 움직인다. 좀처럼 말이 없는 럭키는 모자를 써야만 생각이란 것을 할 수 있는데, 모자를 씌우자마자 미친 듯이 말을 쏟아낸다. 거의 배설하는 수준의 독백으로 세 페이지 분량을 채운다. 말을 한다는 것은 존재를 증명하는 하나의 수단이다. 극 중 인물들은 말을 통해 고루한 삶을 이어나간다.

대화만으로 무료함을 죽일 수 없었던 이들은 체조도 하고 별짓을 다 하지만 무심한 고도는 감감무소식이다. 기다림에 지쳐 자살까지 떠올려보지만 언급만 할 뿐 실행하지는 않는다. 이즈음 되면 답답해진다. 죽을 각오까지 했으면서 왜 고도를 찾아 나서지 않는 것일까? 발걸음이라도 한 번 옮길법한데 일체의 움직임도 없다. 언제 올지도 모를 고도를, 자신이 행복한지 불행한지 어떤 상태인지도 모른 채 맹목적으로 기다리는 두 사람은 읽는 이에게마저 현기증을 불러일으킨다.

　뒤집어보면 그들은 고도 때문에 하루하루를 버틸 수 있었다. 고도는 다름 아닌 우리가 살아가는 이유였다. 고도는 어디에 넣어도 다 대입이 된다. 돈, 사랑, 성공, 명예 모든 것이 가능하다. 대체 고도가 누구냐는 질문에 "내가 그것을 알았으면 작품에 넣었을 것"이라고 말했던 사무엘 베케트의 대답은 상징적이다. 고도는 열려 있다. 받아들이는 사람의 입장에 따라서 얼마든지 다양하게 해석될 수 있다.

　1957년 뉴욕 샌 퀸틴 형무소에서 〈고도를 기다리며〉가 상연된 적이 있다. 단지 여배우가 출연하지 않는다는 이유로 채택되었으나 뜻밖에도 수감자들로부터 열광적인 지지를 받는다. 그들에게 고도는 곧 자유였기 때문이다. 갇힌 이들에게 고도가 자유라면, 누군가에게는 성공이었고, 어떤 이에게는 사랑이었다. 인간의 생(生)이란 긴 측면에서 보자면 고도는 죽음일 수도 있다. 사람은 똑같이 죽는다. 사는 것은 달리 보면 죽음을 기다리는 일이기도 하다. 다만 죽음에 다다르는 그 시간을 누구와 어떻게 보내느냐에 따라 삶의 스펙트럼은 달라질 수 있다.

《고도를 기다리며》를 처음 읽게 된 것은 영화 〈미쓰 홍당무〉를 보고 나서였다. 영화에서 왕따인 선생님 미숙(공효진 역)과 학생 종희(서우 역)가 준비하는 연극이 〈고도를 기다리며〉다. 사회에서 소외된 두 사람은 연극을 준비하며 둘만의 연대를 형성해 나간다. 그녀들이 주고받는 어처구니없는 대사와 행동은 블라디미르와 에스트라공을 닮았다. 누가 봐도 이들은 사회적 관계에 대한 독해력이 부족한 사람들이다. 하는 말들은 보편적이지 않았고 행동은 어설프다. 관계의 큐알 코드를 읽어낼 수 있는 리더기가 없다는 것은 사회라는 무대에서 치명적인 결함이다. 서로를 제외한 모든 사람들이 그들을 싫어했고 얕잡아보았다. 신기한 것은 그런 두 사람이 답답할지언정 외로워 보이지는 않는다는 점이다. 어떤 쓸쓸함도 느낄 수 없다. 외려 엉뚱 발랄한 유대가 쾌감마저 안겨 준다. 영화가 시종일관 밝은 분위기를 유지할 수 있었던 것, 타인의 모멸감 속에서도 미숙과 종희가 연극을 계속 준비할 수 있었던 것, 블라디미르와 에스트라공이 고도를 기다릴 수 있었던 것은 혼자가 아닌 둘이라는 공생의 뿌리 덕분이었다.

미숙에게는 종희가, 종희에게는 미숙이 있었고, 에스트라공에게는 블라디미르가, 블라디미르에게는 에스트라공이 존재했다. 마찬가지로 사무엘 베케트에게는 일평생 함께한 쉬잔 D.

뒤메닐이 있었다. 복잡한 연애사가 많은 유명 문인들 가운데 그는 몇 안 되는 모범적인 사랑을 보여준 작가다.

레지스탕스 활동 시절에 만난 아내와 별다른 스캔들 없이 평생을 함께했다. 노벨문학상 시상식에도 참여하지 않았고 각종 매체와의 인터뷰도 거절한 채 파리 근교에서 뒤메닐과 조용한 삶을 살았다. 1989년 7월 그녀가 먼저 세상을 등지자 작가는 홀로 두문불출했다.

"그럼 갈까?", "그래 가자"라고 대답한 뒤에도 좀처럼 움직이지 않았던 에스트라공과 블라디미르처럼 남편은 아내가 부재한 삶에서 한 발자국도 나아가지 않았다. 그는 여생을 부부가 나란히 앉았던 그 자리에만 머물렀다. 남은 삶을 온전히 부인을 추억하고 기억하는 데에만 쏟다가 같은 해 12월 아내를 따라갔다.

그녀 없이 고도를 기다린다는 것은 무의미했다. 어쩌면 작가에게는 아내가 고도였을 수도 있다. 사실 무엇이 고도인지는 여전히 오리무중이다. 확실한 것은 사무엘 베케트에게 뒤메닐이 없는 삶은 황망스러움 그 자체였다는 점이다. 도무지 혼자서는 쓸쓸해서 견딜 수가 없었을 것이다.

고독은 키르케고르가 '죽음에 이르는 병'이라 명명했을 만큼 인간에게는 치명적이다. 혼자였다면 지리멸렬했을 기다림도 둘이었기에 싸우고 부딪히더라도 견딜 수 있었다. 당근이 있니

없니, 무를 먹니 마니, 좌충우돌, 아웅다웅하며 쓸데없는 말이라도 주고받을 수 있는 상대가 있어야 기약 없는 기다림이 가능하다. 결국 삶이란 무대의 유일한 두 광대, 블라디미르와 에스트라공 각자가 서로의 고도였다. 때로 너무 가까이 있어서 상대의 소중함을 모르듯 둘은 익숙한 나머지 고귀한 가치를 알아보지 못한 것뿐이다.

아무리 기다려도 고도는 나타나지 않았고 소년이 전갈을 한다. 오늘은 고도가 오지 않는다고. "내일은 틀림없겠지?", "네!"라는 대답으로 극은 끝난다. 고도는 내일도 모레도 영원히 오지 않을 것이다. 바로 지금 옆에 있는 사람이 고도이니까.

달맞이꽃은 달을 기다리고 해바라기는 해를 기다리고 목마른 나무는 비가 오기를 기다린다. 나는 누구를 기다리며, 그 누군가의 기다림인가 생각해보는 밤이다.

블라디미르: 아무도 도와줄 수 없는 데서 가다가 넘어지면
어쩔려고?
포조: 일어날 수 있을 때까지 기다려야겠지. 그러고 나서 다
시 떠나는 거요.

《고도를 기다리며》, 사무엘 베케트 지음, 오증자 옮김,
민음사, 2000, 149쪽.

영원히 끊어지지 않을 얼레,
아버지

《허삼관 매혈기 許三觀賣血記》

위화 Yu Hua

유년 시절을 돌이켜보면 아버지는 퇴근길, 특히 귀가가 늦는 날이면 양손에 뭔가를 잔뜩 들고 오셨다. 손에 들린 검은 봉지 안엔 어느 날엔 군고구마가, 어느 날엔 귤이, 또 어느 날엔 아이스크림이 다정하게 자리하고 있었다. 무엇을 사 오실지 궁금해서 안자고 기다렸던 적도 많았다. 아버지는 까끌까끌한 수염을 내 얼굴에 부비며 검은 봉지를 건네고는 곧장 자신의 방으로 들어가셨다. 소소한 먹을거리였지만 그것은 자식들에게 마음을 잘 표현하지 못했던 무뚝뚝한 아버지 나름의 사랑 방식이었다.

서투른 그분의 마음은 말보다 몸짓에 깃들어 있었다. 사소한 행동, 무심결에 내뱉는 말들의 행간에 사랑이 실려 있었다. 모성과 달리 부성의 코드는 해석이 필요한 경우가 많았다. 우리 세대 아버지의 사랑은 대부분 그런 결을 지녔었다. 자신보다는 자식의 꿈이 우선인 사람, 가족을 먹여 살리기 위해 앞만 보고 달려왔음에도 그 어떤 대가를 바라지 않는 사람, 평생을 희생했는데 제대로 된 표현 한 번 못한 까닭에 나이가 들수록 고독해지는 사람, 아버지. 허삼관은 그런 보통의 아버지를 닮았다.

*

허삼관은 가족을 위해서 피를 파는 공장 노동자다. 이 남자의 인생을 한 단어로 정의하면 '매혈(賣血)'이다. 피를 팔아야 건강을 증명하고 돈도 벌 수 있다는 말에 생애 처음 매혈을 한 허삼관은 그 돈으로 마을에서 제일가는 미인 허옥란과 결혼도 한다. 이어 일락, 이락, 삼락 삼형제를 낳는다. 표면적으로는 평범한 삶이었지만 속내를 들여다보면 순탄하지만은 않은 인생이었다.

허삼관의 첫 번째 고비는 가장 아꼈던 일락이가 친자식이 아니라는 것에 있었다. 아이가 커가면서 아내의 전 남자친구인 하소용을 닮아가는 것이 수상쩍었고 집요하게 부인을 추궁해 자백을 받아낸다. 허삼관은 아들에게 대놓고 재수 옴 붙었다며 다음 생애는 네가 내 계부로 태어나서 고생 좀 해보라고 악담을 퍼붓는다. 말만 독하게 할 뿐, 다음 생을 운운하는 것 자체가 인연을 끊지 않고 부자관계를 유지하겠다는 의미였다. 그는 끝까지 아버지로서의 역할을 다했다. 일락이가 대장장이 방 씨 아들의 머리를 돌로 내려찍는 사고를 냈을 때도 매혈을 통해 사고를 수습했다. 피로 이어지지는 않았지만 피를 팔아서라도 지키고 싶은 내 자식이었다.

허삼관은 투박스러운 말투에 고집스러운 데다가 밑도 끝도 없이 우악스럽기까지 하지만 미워할 수 없는 캐릭터다. 그가 가진 특유의 낙천성과 인간미는 마냥 이 남자를 지지하고 싶게 만든다. 부인을 대하는 방식도 비슷했다. 아내가 하소용의 부인과 싸우고 있다는 전갈에 허삼관은 끄떡하지 않았다. 오히려 "삶은 돼지가 뜨거운 물 무서워하는 거 봤냐"는 말로 응수한다. 이미 뜨거운 물을 경험해본 사람은 맷집이 갖춰져 있다. 더 이상 시련이 무섭지 않다. 그는 세 아들의 엄마가 가진 뚝심을 믿었고, 산전수전을 겪으며 터득한 아내의 지혜를 신뢰했다.

전국에 가뭄이 들어 집안에 더 이상 먹을 것이 없게 됐을 때도 허삼관은 자신만의 해학으로 슬픔을 이겨냈다. 영화 〈인생은 아름다워〉에서 아버지가 아들에게 유대인 수용소 생활을 놀이라고 설명했듯, 그는 말로써 요리를 한다. 가족 한 명 한 명에게 음식을 만들어주는 시늉을 하는데, "이 요리는 삼락이한테만 주는 거야. 삼락이한테만 침 삼키는 걸 허락하겠어"와 같은 유머로 가족을 웃게 만든다. 침 삼키는 걸 허락한다니, 아사(餓死) 직전의 절망적인 상황에서 키득키득 웃음을 유발하는 것은 작가 위화의 특기다. 이 집의 곳간은 바닥을 보였지만 웃음만은 넘쳐났다. 괜히 삼형제의 이름이 일락(一樂), 이락(二樂), 삼락(三樂)이가 아니었다. 첫 번째 즐거움, 두 번째 즐거움, 세 번째 즐거움이 함께하니 즐겁지 아니할 수 없다.

이토록 유쾌한 가족이 살아가는 배경인 1950~1980년대는 중국 격동의 시기였다. 허삼관은 시대적 변화, 정치적 셈법과는 거리가 먼 사람이었다. 문화대혁명이 무엇인지 몰랐고 경제 부양책이었던 대약진 운동에도 별 관심이 없었다. 단지 내 가족이 배곯지 않고 건강하게 사는 것이 인생의 목표였다. 그럼에도 거친 역사의 흐름 속에서 삶은 흔들렸고, 풍파가 들이닥쳤으며, 그럴 때마다 피를 팔았다. 57일간 옥수수죽밖에 못 먹은 식구들에게 국수를 사 먹이기 위해, 농촌 생산대에서 피골이 상접해 돌아온 일락이에게 용돈을 쥐어 주기 위해, 이락이네 생산대장을 접대하기 위해 주저하지 않고 피를 팔았다. 가족의 목숨 부지를 위해서 자신의 전부를 걸었다.

평생 자식들을 위해 살아왔지만 티끌 하나 기대하지 않았다. 다만 자신이 죽을 때 키워준 정을 생각해서 조금은 가슴이 북받치고 눈물을 흘려주기만을 바랐다. 아버지는 생을 다하는 순간까지도 자식을 먼저 생각했다.

어렸을 때 아버지와 즐겨했던 놀이 중 하나는 연날리기였다. 내게 하늘에 가장 가깝게 갈 수 있는 놀이라며 연을 가르쳐주셨다. 연 만들기의 핵심은 연보다 얼레에 있었다. 튼튼한 얼레를 만드는 것은 고난도의 작업이었기에 항상 손재주 좋은 아버지가 담당했다. 한참 동안 나무를 마감하고, 똑딱똑딱 망치질을 하고, 한쪽 끝에 내 이름까지 새기면 마무리가 됐다는 신호였다.

돌이켜보면 아버지가 그토록 얼레에 신경을 썼던 것은 자식을 지키려 한 부성애와 비슷했다. 바람을 타고 길게 꼬리를 흔들면서 하늘 높이 올라가는 연, 그 연을 붙잡고 있는 얼레의 실은 아버지의 마음이었다. 분명 아버지도 하늘을 날고 싶었을 텐데 늘 얼레의 자리에만 계셨다. 언제든지 네가 원하면 안전하게 돌아올 수 있으니 하늘 위에서 실컷 놀아보라고, 가고 싶은 곳은 어디든 날아 가보라고, 가끔 바람에 흔들려도 아버지가 꼭 붙들고 있으니 안심하라고. 영원히 끊어지지 않을 얼레의 존재로 연은 마음껏 창공을 누빌 수 있었다. 아버지의 마음은 늘 자식이 미처 가닿지 못하는 저 높은 곳에 있었다.

마음을

다독이는 ─ 한 줄

◇

'푸르고 무성한 산이 있는 한

땔나무 걱정은 없다'는 말이 있다.

목숨만 부지하고 이 고통을 잘 견디면

다시 좋은 날이 올 거다.

《허삼관 매혈기》, 위화 지음, 최용만 옮김,

푸른숲, 2007, 157쪽.

나의 외로움 끝에
너의 외로움이 있었다 ___

《마음은 외로운 사냥꾼 The Heart is a Lonely Hunter》
카슨 매컬러스 Carson McCullers

프랜차이즈의 힘은 대단하다. 세계 어디를 가나 천편일률적인 그 맛이 재미없다가도, 대기업의 위세가 몸서리치게 무섭다가도, 어떤 낯선 장소에서는 비교 불가의 위안을 주는 공간으로 변신한다. 모든 것이 어색했던 독일살이에서도 프랜차이즈 카페에 들어설 때만큼은 익숙한 그 분위기가 마음을 편안하게 만들어주었다. 스타벅스와 맥도날드는 외로운 현대인을 위한 세계 공통의 은신처였다.

그날도 알 수 없는 이유로 마음이 헛헛해서 시내를 배회하다가 맥도날드에 들렀다. 1유로짜리 커피가 주는 싸구려 위안이 필요했다. 평일 낮이었음에도 사람이 꽤 많아서 혼자 앉아 계신 할머니와 동석을 하게 됐다. 그녀는 마치 내가 앉기를 기다렸다는 듯 몹시 반갑게 인사를 건넸다.

높은 채도의 핑크색 카디건은 희끗한 머리와 얼굴을 가득 채운 잔주름, 드문드문 번져있는 검버섯에 깃든 외로움을 어떻게든 가리고 싶다는 인상을 주었다. 은퇴한 연금 수급자로 자신을 소개한 그녀는 일주일에 두세 번씩 맥도날드에 와서 커피를 마신다고 했다. 대부분 독일 어르신들은 추억이 깃든 오래된 카페를 즐겨 찾는 경우가 많은데 왜 하필 맥도날드를 찾는 건지 궁금했다.

"할머니, 많은 카페 중에 왜 여길 자주 오세요?"

"나 같은 늙은이들은 이런 데를 잘 안 오죠. 그런데 나는 그 점이 좋아요. 아무도 나를 모르잖아요. 이 공간에서만큼은 활기를 느껴요. 저기 봐요. 저 젊은 연인만 봐도 생기가 넘치잖아요. 그렇지 않나요?"

그렇게 자연스럽게 말문을 트게 됐고, 그녀는 처음 보는 내게 심지어 자신의 말을 반도 못 알아들을 외국인에게 지나온 인생을 폭포수처럼 쏟아냈다.

간호사였던 할머니는 자신이 일하던 병원의 환자였던 한 남자와 결혼했다. 그가 입원해 있을 당시에는 별다른 사건이 없었는데, 퇴원 후 우연히 다시 마주치면서 사랑이 시작됐고 결혼으로 이어졌다. 시청 공무원이었던 남편은 성실했고, 그녀는 어느새 두 아이를 품에 안은 엄마가 되었다. 보살핌을 필요로 했던 아이들은 성큼성큼 자라 자신의 둥지를 찾아갔지만, 남편이 있었기에 허전함을 달랠 수 있었다. 불행히도 5년 전 남편과 사별했고 자녀들은 다른 도시에 살고 있어서 자주 볼 수가 없다. 내심 서운하지만 전적으로 이해한다. 다 그렇게 살아가는 법이니까. 요즘엔 맥도날드에 와서 커피를 마시고, 가끔은 저녁 6시 즈음 기차를 타고 종점까지 갔다 오는 것이 일상이다.

내 짧은 독일어로 이해한 것은 이 정도이고 아마 더 많은 우여곡절이 있었을 것이다. 할머니는 젊은 날의 기쁨과 슬픔을 오롯이 기억하고 있었다. 한편으로는 그 긴 생의 주기가 단 몇 십 분으로 요약될 수 있다는 것이 허망했다. 인생은 짧았다. 할머니가 이야기를 하고 있는 그 순간에도 시간은 계속해서 흘러갔다. 외로운 한 여인을 실은 기차는 야속하리만치 빠른 속도로 종점을 향해 나아가고 있었다.

그녀는 왜 처음 보는 내게 인생을 말했을까? 어쩌면 자신의 말을 다 이해하지 못하는 내가 더 편했을 수도 있지 않았을까. 혹은 맥도날드를 찾는 이유와 마찬가지로 익명성을 보장받으며 비밀을 말하고 싶었던 것일까.

가끔은 나를 전혀 모르는 누군가에게 속내를 털어놓고 싶을 때가 있다. 위로를 바라는 것이 아니다. 그냥 툭~ 다 끄집어 내놓고 싶은 날, 누구에게나 그런 날이 있다.

*

1930년대 미국의 한 소도시, 듣지도 말하지도 못하는 농인에게 쉴 새 없이 자신의 외로움을 이야기하는 세 사람이 있다. 제이크, 코플랜드 박사, 믹은 외롭고 쓸쓸한 밤이면 존 싱어를 찾는다. 그들은 하나같이 어딘가 조금씩 부서진 사람들이다.

툭하면 카페에서 술에 취해 난동을 부리는 제이크. 노동운동가였던 그는 급진적 자유주의자였다. 이상적인 사회를 꿈꾸며 사회 개혁을 주장했지만 그것은 헛된 구호일 뿐이었다. 거의 실패에 가까운 삶 끝에서 싱어를 만난 건 행운이었다. 이 남자라면 스스로조차 거부한 자신을 이해할 수 있을 것만 같았다.

흑인 의사 코플랜드도 제이크와 마찬가지로 이상주의자다. 흑인이 존중받지 못했던 1930년대 미국 남부에서 흑인 인권을 위해 평생을 바쳤다. 더 나은 삶을 위해서는 흑인도 공부를 하고 의식 개선을 해야 한다고 주장하지만, 가족들마저 이런 아버지를 외면한다. 마음을 의탁할 수 있는 곳은 싱어의 품뿐이었다. 그토록 백인을 혐오했건만 이상하게 그 백인 남자만 떠올리면 평화가 깃들었다.

싱어가 하숙하는 집의 딸인 믹. 열네 살 소녀는 음악가가 되고 싶지만 가난한 집안 형편 탓에 잡화점 직원으로 일을 한다. 비록 지금은 물건을 팔고 있을지라도 언젠가는 위대한 작곡가가 될 것이란 꿈을 버릴 수가 없다. 한 여름밤, 라디오에서 흘러 나왔던 베토벤 교향곡 3번 〈영웅〉은 사계절 내내 믹의 열정 속에 울려 퍼졌다. 베토벤은 아이의 마음에서 불멸이 되었다. 누구에게도 말하지 못한 그 들끓는 정열을 왠지 싱어가 실현시켜줄 수 있을 것만 같았다. 소녀는 오늘 밤도 그의 방으로 향한다.

마지막으로 전지적 관찰자 입장에서 이들을 바라보는 카페 주인 브래넌이 있다. 그는 아내와 사별 후 혼자 있음을 견디지 못하고 24시간 카페를 운영한다. 무의무탁자들로 가득한 가게는 마치 화가 에드워드 호퍼의 작품 〈밤을 지새우는 사람들〉을 보는 것만 같다. 외로운 사람들은 대부분 가난했다. 외상이 많았고 사업은 늘 적자였지만 개의치 않았다. 그들에게 심장을 데우는 보드카 한 잔 건넬 수 있다면 그뿐이다.

브래넌은 다른 사람들과 달리 싱어에게 고민을 말하지 않는다. 그저 관찰한다. 손님들이 유독 싱어를 찾는 이유가 궁금했다. 오랜 시간 끝에 그가 내린 결론은 "누구에게나 모든 것을 포기하게 되는 순간이 있고, 그 응어리들이 마음속에서 썩기 전에 다른 누군가에게 쏟아내야 했기 때문"이다. 싱어는 독을 토해 낼 수 있는 유일한 웅덩이였다.

작가는 제이크를 통해 비참한 노동자들의 삶을, 코플랜드 박 사를 통해 쉽게 해결되지 않는 흑인 인권을, 믹을 통해 가난한 서민 가정의 시련을 말한다. 이유는 달랐지만 모두가 외로운 사람들이었다. 그들은 많은 것을 바라지 않았다. 그저 자신의 이야기를 들어줄 단 한 사람을 필요로 했다.

싱어는 듣지도 말하지도 못하지만 늘 예의 바르며 따뜻한 미 소를 머금고 있었다. 왠지 이 남자라면 나조차도 이해하지 못 한 나를 이해해줄 것만 같았다. 그는 모든 것을 이해한다고. 그 러니 누구에게도 보여주지 않았던 외로움을 꺼내 보일 수 있다 고. 사람들은 싱어의 의중과 상관없이 믿고 싶은 대로 믿었다. 어느새 싱어는 소도시의 신과 같은 존재가 된다.

신은 존재하는 것이 아니라 만들어지는 것이었다. 모두의 생 각과 달리 싱어는 그들과 다를 바 없는 인간이었다. 소설의 반 전은 싱어가 사람들이 자신에게 무슨 말을 하는지 다 알아듣지 못했다는 것에 있다. 주인공 역시도 자신을 이해하는 유일한 친구 안토나풀로스만 바라봤다. 싱어가 안토나풀로스에게 집 착했던 것은 다른 사람들이 싱어에게 기대한 것과 마찬가지로 자신을 잘 아는 유일한 사람이라고 믿어서였다. 싱어가 평범한 사람이었듯 안토나풀로스 역시 게으르고 이기적인, 친구의 지극한 사랑을 받을 자격이 있는지조차 의심되는 형편없는 인간이었지만 그런 것쯤은 상관없었다. 싱어에게는 10년간 함께한 세월이 소중했다.

두 농인은 오로지 둘이서만 함께했다. 일을 마치면 간단한 식료품을 사와 요리를 하고 포도주를 마시는 단란한 삶이었다. 둘이었기에 외롭지 않았다. 안온한 나날 가운데 안토나풀로스는 병을 얻었고 더 이상 포도주를 마실 수 없게 되었다. 그는 정신병원으로 이송되었고, 끝내 죽음을 맞이한다. 친구의 사망 소식을 뒤늦게 접한 싱어는 일말의 고민 없이 친구를 따라간다.

이 사건은 싱어를 추종했던 세 명에게 엄청난 충격을 준다. 제이크는 어디론가 떠났고, 코플랜드 박사는 자식들이 있는 곳으로 돌아갔다. 브래넌은 늘 그렇듯 카페를 지켰다. 사실 이 남자의 마음 한 켠에는 자신조차 납득할 수 없지만 어린 믹을 좋아하는 마음이 자리했었다. 말하지 못한 짝사랑은 싱어의 죽음과 함께 여름꽃이 가을에 사라지듯 자연스럽게 끝났다. 모든 사람들은 다시 마음은 외로운 사냥꾼이 되었지만 열네 살 소녀 믹만은 달랐다. 끝내 꿈을 놓지 않았다. 어떻게 해서든 자신은 음악을 하게 될 것이라고, 삶은 더 나은 방향으로 연주될 것이라고 낙관한다.

카슨 매컬러스는 불과 스물세 살에 이 작품을 내놓으면서 천재 작가로 세상에 이름을 알렸다. 신은 천부적인 재능을 준 대신 건강을 앗아갔다. 어릴 적 류머티스성 열병을 앓은 이후, 뇌졸중, 흉막염 등 각종 질환이 평생 그녀를 따라다녔다.

결혼 생활도 순탄치 못했다. 마찬가지로 작가였던 남편 리브스 매컬러스는 아내의 재능을 질투했고, 알코올 중독, 양성애적 성향 등으로 자주 불화를 일으켰다. 두 사람은 헤어짐과 만남을 반복했다. 부부는 미국에서 유럽으로 이주해 파리 외곽에서 새로운 삶을 시작하지만, 또다시 다툼이 이어졌고 리브스는 동반 자살을 종용한다. 아내는 거절 의사를 밝히고 미국으로 돌아갔으나, 남편은 기어코 프랑스에 남아 스스로 생을 마감한다. 이후에도 카슨 매컬러스는 집필을 이어갔지만 우울증, 뇌졸중 등을 앓다가 사망한다.

일대기를 보면 작가는 일평생 지독하게 추웠을 것 같은데, 써내려간 글들의 온도는 믿기지 않을 정도로 따스하다. 어쩌면 그녀야말로 외로움의 정점에서 홀로 고독해봤기에 외로운 사람들을 전적으로 이해할 수 있었던 것은 아닐까. 외로운 사람은 외로운 사람이 알아보는 법이니까.

삶이라는 바다에서 외로움은 부표처럼 떠다닌다. 마음은 외로운 사냥꾼이 되어 정처 없이 망망대해를 부유한다. 외로움이란 평생 인간을 따라다니는 그림자 같은 것이다. 우리는 지금까지 외로웠고 앞으로도 외로울 것으로 예감한다. 그나마 위안이 되는 것은 나날이 증폭되는 외로움을 경험하면서 점차 내성이 생겼다는 점이다. 언젠가부터 외로움과 친해지는 법을 알게 됐을 때, 외로움을 익숙함으로 껴안을 수 있게 됐을 때, 나는 꽤 어른스러워졌음을 느낀다. 그런 의미에서 삶은 진화하고 있는 것인지도 모르겠다.

인생은 돛대라고, 결국 이 망할 외로움은 나 혼자 짊어지고 가야 한다고 부르짖으면서도 한 가지 바라는 점이 있다. 이 고독지옥에서 지나간 노래 가사처럼 '나의 외로움이 널 부를 때', 단 한 사람이라도 응답해주었으면 좋겠다. 소도시 사람들이 싱어를 찾았듯, 맥도날드에서 처음 만난 할머니가 마음을 고백했듯, 내 외로움을 이해해줄 수 있는 다른 외로움, 하나쯤은 있었으면 한다.

서로가 조금 덜 외로운 날, 할머니와 맥도날드에서 다시 한 번 만나고 싶다. 이번엔 나의 서툰 외로움을 말할 차례다. "절망을 말해보렴, 너의, 그럼 나의 절망을 말할 테니. 그러면 세계는 굴러가는 거야."(〈기러기〉, 메리 올리버의 시)

좋은 일이 생길 것이다.

그래야 말이 되지 않겠는가. 그래야 했다.

아주, 아주, 아주, 좋은 일이 생길 것이다.

좋았어! 됐어! 좋은 일.

《마음은 외로운 사냥꾼》, 카슨 매컬러스 지음, 서숙 옮김,
시공사, 2014, 433쪽.

오늘을 위로하는
어제의 기억

《바다 The Sea》
존 밴빌 John Banville

결혼 후 유년 시절을 회상하는 일이 많아졌다. 남편과 곧잘 시시콜콜 이야기를 하다 보니 주제는 담을 넘고 넘어 꼬맹이들의 인기 아이템이었던 불량식품 아폴로까지 가곤 했다. 25년 만에 어릴 적 살던 동네에 다시 가보게 된 것도 대화 도중 남편이 그곳을 궁금해서였다.

읍내에 있는 중학교로 전학 가기 전까지 우리 가족이 살던 곳은 면 단위의 작은 마을이었다. 다시 찾았을 때는 내가 기억하고 있는 것보다 훨씬 작아서 놀랐지만, 그 당시 내게는 거대한 세계와도 같은 곳이었다. 사람들을 읍내로 실어 나르던 마을버스에서 내리면 정류장 바로 옆에 특별한 날에만 가곤 했던 중국집이 있었다. 버스를 타고 피아노 학원에 갔다 올 때면 하차장에 발을 내딛자마자 강렬하게 퍼지는 춘장 냄새가 집에 잘 도착했다는 안도감을 주었다. 도로를 건너 동네에 진입하면 한약방과 슈퍼, 정육점, 다방이 대로를 마주하고 있었는데 특히 다방 앞은 잡음이 넘쳐나는 곳이었다. 조용한 날이 오히려 이상할 정도로 일주일에 한두 번은 머리 끄트머리를 잡아당기는 난투극이 벌어졌다. 엄마는 우리 남매가 싸움 구경 가는 것을 싫어했지만 일이 났다 싶으면 동네 전체가 시끄러웠고 남녀노소가 모여들었기에 막을 도리가 없었다. 얽히고설켜 으르렁대다가도 언제 그랬냐는 듯 음식을 나눠 먹고 같이 밤마실을 나가는 것이 시골 사람들의 일상이었다.

우리 집은 화제의 중심인 그 길가에서 살짝 옆으로 비켜난 작은 개울 옆에 있었다. 그때는 수심이 꽤 깊어 수영을 할 수 있을 정도였지만, 25년의 세월은 강물을 앗아가 버렸다. 추억의 증발을 의미하는 것 같아서 서글펐다. 물은 흔적도 없이 사라졌지만, 개울 한가운데 자리하고 있던 큰 바위만큼은 건재했다. 아버지는 그 장소를 무척이나 좋아했다. 여름밤이면 우리를 데리고 나가 바위에 앉아서 하모니카를 불었고, 나와 동생은 음에 맞춰 춤을 추고 노래를 불렀다. 은은한 달빛은 주기에 따라 변모하면서도 변함없이 바위 위의 세 사람을 비춰주었다.

한참을 그렇게 놀다가 감기에 걸린다며 들어오라는 엄마의 성화에 못 이겨 집으로 돌아와 노곤히 잠이 들곤 했다.

유년 시절이 많이 떠오르지는 않는데 유독 그 기억만은 컬러 사진처럼 선명하다. 태양의 열기가 가시지 않은 바위의 따뜻함, 그 아래로 쏟아지던 별과 살랑살랑 살갗을 건드리는 선선한 바람, 졸졸 흐르는 물소리에 장단을 맞춘 풀벌레의 향연, 요술 피리 같았던 아버지의 하모니카 소리까지 더해져 정겨운 여름 방학의 한 페이지로 기록되어 있다. 세월의 풍파에도 유일하게 남아 있던 바위는 변하지 않는 아름다움도 있음을 증명해주는 것만 같아서 고마웠다. 세상에는 아무리 파도가 밀려와도 떠밀려가지 않는 그 무엇이 있기 마련이다.

*

움직이지 않는 바위처럼 일평생 한자리에만 머무는 남자가 있다. 존 밴빌의 《바다》 속 맥스는 아름다웠던 찰나의 순간을 잊지 못한 채, 그 기억만을 부여잡고 살아간다. 아내를 먼저 떠나보낸 뒤 극심한 상실감에 빠진 노년의 남자는 고향 근처의 바닷가 시더빌로 향한다. 어제의 추억을 되살려 오늘의 상처를 회복하고 싶었다.

남자의 유년 시절은 불행했다. 폭력적이었던 아버지와 곤궁에 지친 어머니 사이에서 자란 그에게, 휴가차 시더빌을 찾은 중산층의 그레이스 가족은 그리스 신화에 등장하는 신들이었다. 특히 맥스의 눈에 빛났던 여신은 그레이스 부인이었다. 어린 그에게 육감적이면서도 어딘가 모르게 나른해 보이는 그녀는 살아있는 비너스였다. 부인의 관심을 끌기 위해 자녀인 클로이와 마일스에게 접근하지만, 이내 마음은 비슷한 또래였던 클로이에게로 향한다. 남매와 어울리면서 자신도 신들의 세계에 유입된 듯한 착각에 빠져 그 여름을 보냈다. 인생에서 다신 오지 않을 것 같은 반짝거림은 클로이와 마일스가 바다 거품 속으로 사라지면서 함께 꺼져버린다.

한여름 밤의 꿈과 같은 이 기억은 맥스의 인생에 꼬리표처럼 따라다닌다. 그는 단념하지 않고 신들의 세계를 좇았다. 부인 애나는 클로이의 대체품이라는 인상을 지울 수가 없다. 아버지로부터 거액의 유산을 상속받은 애나는 맥스가 그토록 갖고 싶었던 부와 지위가 주는 안락함을 선물했다. 이 결혼은 사랑의 결합이라기보다는 환상을 실현할 기회였다는 것이 맞겠다. 아내의 지원을 업고 미술사학자로서 성공한 인생을 살았지만, 열한 살의 맥스에서 벗어나지 못했다. 요즘 그는 아내를 10대로 그렸던 화가 피에르 보나르에 관한 논문을 쓴다. 그것은 유년기에 머물러 있는 자신에 관한 서술이기도 했다.

시더빌을 다시 찾은 맥스는 회상에 잠긴다. 현재 그가 열한 살이 아니듯 이 장소 역시 더 이상 옛날의 낙원이 아니었다. 해변을 가득 매웠던 관광객은 흔적조차 찾을 수 없고 집들은 낡았으며 거친 파도소리만이 침묵을 감쌌다.

맥스는 가만히 바다의 너울을 바라본다. 그는 죽은 아내를 그리워하는 것일까. 아직도 클로이를 잊지 못한 것일까. 아니면 가닿을 수 없는 유년 시절의 자신을 찾고 싶었던 것일까. 그레이스 부인도, 클로이도, 마일스도, 아내 애나도 아무도 없었다. 남아 있는 자에게 유일하게 허락된 것은 기억하는 일뿐이었다. 기억의 테이프를 감고 또 감았다. 기억에 함몰된 아버지에게 딸은 말한다.

"과거 속에 사시네요."

그랬다. 맥스는 앞으로 한 발자국도 나아가지 못한 채 과거에만 머물렀다. 신들이 떠나버린 신들의 세계에서 홀로 허우적거렸다. 자궁의 기억처럼 따뜻했던 그곳에 오랫동안 머무르고 싶었다.

맥스의 기억은 이 책의 전부다. 딱히 줄거리라고 할 것이 없다. 기억에 의해 시공간이 시시때때로 바뀌고, 과거와 현재가 마구잡이로 교차한다. 독자에 따라서 읽는 것이 어렵거나 불편할 수 있다.

같은 이유로 거의 무명에 가까웠던 아일랜드 작가 존 밴빌의 《바다》가 맨부커상 수상작으로 선정됐을 때 일대 논란이 일었다. 게다가 2005년은 이른바 황금의 해로 불릴 만큼 쟁쟁한 작품이 많았다. 가즈오 이시구로의 《나를 보내지 마》, 줄리언 반스의 《용감한 친구들》을 물리치고 현지에서도 3천 권밖에 팔리지 않은 소설이 선정됐다는 것은 어떤 이에게는 참신, 어떤 이에게는 충격으로 다가갔다.

반론의 이유는 뚜렷하다 할 스토리가 없다는 점, 소설의 형식이 아니라는 점이었다. 우리가 가끔 의식의 흐름에 따라 행동한다고 말하는데, 이 책은 의식의 흐름에 따른 글쓰기 형식을 보여준다. 어떻게 보면 지극히 취향적인 책이기도 하다. 기억과 상실을 표현하는 방식 자체가 독특하고 슬픔을 담담하면서도 아름답게 표현하는 문체는 현대적이다. 작가는 《바다》를 통해 언어의 스타일리스트, 모더니스트, 21세기의 사무엘 베케트라는 별명을 얻었다.

실제로도 사무엘 베케트만큼이나 성실한 삶을 살았다. 젊은 시절 아일랜드 항공사에 잠시 몸담았다가 이후 편집자로 입사해 30여 년간 기자로 일하며 글쓰기를 병행했다. 《바다》는 꾸준히 글을 써온 작가의 14번째 작품이다. 이후에는 '벤저민 블랙'이라는 필명으로 범죄소설을 발표하면서 존 밴빌과는 전혀 다른 방식의 글쓰기를 보여줬고, 2012년 《오래된 빛》으로 다시금 평단의 찬사를 받으며 맨부커의 선택이 틀리지 않았음을 증명했다. 현재는 반론의 여지가 없는 명실상부한 최고의 작가로 인정받고 있다. 한 길을 걸었던 작가의 성실과 집념이 준 당연한 선물이었다.

뚝심 있는 그의 삶과 마찬가지로 《바다》라는 소설이 전하는 주제 의식만큼은 시종일관 명확하다. '기억!' 책은 '인간은 유년 시절의 기억을 평생 좇는다'는 프로이트의 이론을 증명하는 소설이라고도 할 수 있다.

인간에게 기억은 절대 움직이지 않는 존재다. "기억은 움직이는 것을 싫어한다." 어디로도 떠나지 않고 머물러 있는 기억은 혼자 남은 자의 상실을 위로한다. 맥스도 우리도 모두 다 "슬픔의 작디작은 배들이다. 어두운 가을을 헤치며 먹먹한 정적을 떠돌아다니는 작은 배였다." 배들이 유유히 바다 위를 항해할 수 있었던 것은 같은 자리를 지키고 있는 '기억'이란 돛대의 힘이었다.

누구에게나 핀처럼 고정되어 있는 기억이 있다. 25년 만에 찾은 마을에는 중국집도 한약방도 슈퍼도 사라지고 없었다. 뭉

툭한 큰 바위만이 유일하게 존재감을 나타내고 있었다. 그러나 내 마음속 이 장소는 그때 그 소란스럽지만 소박하고 정겨웠던 곳으로 일시정지되어 있다. 가끔 사람 사는 냄새가 그리울 때면 재생 버튼을 눌러 보곤 했다. 오래된 턴테이블에서 빛바랜 장면들이 하나둘 음표가 되어 흘러나왔다. 푸릇함으로 장식된 초여름의 공기, 오랜 세월을 견뎌온 건물들 사이로 늬엿늬엿 저물어가는 해, 저녁 6시 즈음이면 온 동네에 퍼지던 밥 짓는 냄새, 아버지의 작업실에서 울려 퍼지던 나나 무스쿠리의 〈한 시절이 있었죠(There's A Time)〉….

노랫말처럼 정말 한 시절이 있었다. 여름과 눈을 위한 시절, 사랑이 자라던 시절, 꿈이 젊고 새로웠던 시절이 우리 모두에게는 있었다.

옛날에는 그 한 시절을 상기시키며 "나 때는 말이야" 하고 말하는 것이 꼰대처럼 느껴졌지만, 요즘의 "라떼는 말이야"는 약간은 씁쓸하게도, 귀엽게도 느껴진다. 부드러운 우유가 듬뿍 담긴 라떼는 쓰디쓴 에스프레소 같은 현실을 살아가는 어른들에게 위로 한 모금을 선물한다. "그때 당신 참 멋졌잖아, 그때 우리 참 좋았잖아." 그렇게 삶의 되감기를 통해 앞으로 나아갈 수 있는 동력을 얻는다. 짧지만 찬란했던 기억들은 달달한 라떼 향기를 풍기며 풍진(風塵)에 밀려 일시정지된 삶을 재생시킨다. 명랑하고 청초했던 장면들은 때로 안단테로, 때로 아다지 오로 쪼그라들기만 하는 어른의 마음에 리듬을 부여한다. 불변의 추억은 삭막한 세상살이에 메말라버린 감정의 갈증을 해소해주는 청량제와 같은 것이었다.

영화감독 루이스 부뉴엘의 말은 정확했다. "기억이 없는 인생은 인생이라고조차 할 수 없다." 기억이 없다면 인간은 아무것도 아니다. 우리는 아름다운 기억을 만들기 위해 오늘을 살고, 그 기억으로 내일을 살아간다.

마음을

다독이는 ── 한 줄

그녀가 나 자신을 알라고 하지 않고
나 자신이 되라고 한 것에 주목하라.
너 자신이 돼라! 물론 그 의미는
뭐든 네가 원하는 사람이 되라는 것이었다.

《바다》, 존 밴빌 지음, 정영목 옮김,
문학동네, 2016, 202쪽.

살아온 나날보다
더 아름다울

《남아 있는 나날 The Remains of the Day》
가즈오 이시구로 Kazuo Ishiguro

보통 인생을 선택의 연속이라고 말한다. 우리는 매 순간 대척점의 기로에 놓이고, 어떤 선택은 삶을 완전히 바꿔놓기도 한다. 잘못된 선택이든 잘한 선택이든 결국 그 선택들이 모여 하나의 인생이 된다. 판도라의 상자와도 같은 선택의 결과는 겪어본 후에만 알 수 있는 것이기에, 누구도 사전에 100% 확신할 수는 없다. 양날의 칼날과도 같은 선택의 속성은 사람을 몇 번씩 들었다 놓기를 반복한다. 특히 잘못된 결과 앞에 놓일 때면 부질없다는 것을 알면서도 반추하기 마련이다. 만약 그때 다른 선택을 했더라면 지금 나는 어떤 모습일까?

10여 년 전 출판사에서 일해 보는 것이 어떻겠느냐는 제안을 받은 적이 있다. 그때는 한창 일을 재밌게 하고 있어서 별 고민 없이 거절했는데, 이따금씩 슬럼프가 올 때마다, 그 출판사가 나의 감성과 비슷한 행보를 이어가고 있음을 접할 때마다, 직종 변경을 했더라면 어땠을까 가정법을 써봤다. 일뿐만 아니라 사랑도 비슷해서 둘 다 지기 싫어하는 성격 탓에 매번 부딪히는 남편과 크게 싸울 때면 유순한 성격의 착한 남자와 결혼했더라면 삶이 좀 더 편한 방향으로 흘러가지 않았을까 물음표를 던져봤다. 독일에 살면서 한국이었다면 절대 겪지 않았을 약간은 억울한(?) 상황에 부딪힐 때도 계속 서울에 살았더라면 어땠을까 미련스럽게 과거를 돌아보곤 했다.

'만약'의 속절없음을 알면서도 후회인지 미련인지 모를 그 몹쓸 감정의 찌꺼기들이 머릿속을 떠나지 않았다. 대소사에서부터 연필 하나를 고르는 일까지 딱 한 가지를 택한다는 것은 참 어려운 일이어서 삶이 선택의 고문처럼 느껴질 때도 많았다.

*

책 속의 주인공들도 선택 앞에서 방황한다. 크게 보면 이야기란 일련의 선택으로 이루어진 결과물이라고 해도 과언이 아니다. 대부분의 소설들이 삶을 송두리째 바꿔놓는 선택에 집중한다면, 가즈오 이시구로의《남아 있는 나날》은 선택의 결과를 대하는 자세에 관해 서술한다.

주인공 스티븐스의 인생에서 선택은 '집사'라는 직업 하나였다. 영국의 대저택 달링턴을 관리하는 그는 일평생 한눈팔지 않고 일에 최선을 다했다. 소명의식에 점수를 매긴다면 그를 따라올 자가 없을 정도다. 스티븐스가 생각하는 위대한 집사란 "신사가 정장을 갖춰 입듯 자신의 프로 정신을 입고 다니는 사람들"로, 어떤 외부 사건 앞에서도 결코 흔들리지 않고 품위를 지키는 것을 의미했다.

그는 주인이었던 달링턴 경을 충실히 섬겼고 손님들이 최고의 만족을 느끼며 돌아갈 수 있도록 극진히 대접했다. 달링턴에는 전 세계 유수의 인사들이 오갔기에 스티븐스에게는 이곳이 세상의 중심이었고, 내심 자신도 한 축을 담당한다는 긍지가 있었다. 업무에 전념하느라 아버지의 임종조차 지키지 못했지만 후회하지 않았다. 그와 마찬가지로 평생 집사로 일했던 부친 역시 아들의 선택을 존중했으리라 믿어 의심치 않았다. 매사에 흐트러짐 없이 반듯했고 지나치다 싶을 정도로 객관성을 유지했다.

시련은 뜻밖의 방향에서 불어왔다. 스티븐스가 생각하는 주인의 최고 덕목은 도덕이었는데, 헌신을 다한 달링턴 경이 훗날 나치 지지자였던 것으로 밝혀지면서 딜레마에 빠진다. 주인의 도덕적 지위로 보자면 그것은 최하위에 해당하는 것이었다. 달링턴 경은 영국의 최상위 신사가 아닌 히틀러에게 이용당한 희생양일 뿐이었다. 평화 구축을 주제로 열린 회담의 실상은 독일을 단죄하고 도와주자는 취지의 나치 후원회였다. 스티븐스는 그것도 모르고 조약을 성공적으로 성사시키는 데 일조했다는 만족감에 젖었고, 유대인 하녀를 쫓아내라는 주인의 명령도 한 치의 의심 없이 이행했다. 뒤늦게 이 모든 사실을 알게 된 그는 허탈함과 무력감에 빠진다. 비판적 사고를 배제한 맹목적인 충성의 소치였다.

달링턴 경은 자신의 과오를 후회하며 쓸쓸히 인생을 마감했고, 대저택의 주인으로 미국인이 등장한다. 세상이 바뀐 것이다. 패권이 유럽에서 미국으로 옮겨가고 있었다. 패러데이는 달링턴 경과 정반대로 격식보다는 실용과 소통을 중시하는 사람이었다. 새 주인은 한 번도 쉬는 날 없이 일한 스티븐스에게 휴가를 권하고, 그는 일생에서 처음으로 여행이란 것을 떠난다. 진짜 속내는 예전에 총무로 일했던 켄턴 양, 지금은 벤 부인이 된 옛사랑을 만나기 위함이었다. 얼마 전 그녀가 보내온 편지에는 불행한 결혼 생활의 전조가 풍겼다. 이참에 켄턴 양에게 다시 한 번 새 주인을 위해 일해줄 것을 요청해볼 참이다. 물론 마음 한구석에는 제대로 피워보지 못한 사랑의 씨앗이 꿈틀거렸다.

옛 여인을 만나러 가는 길에는 복잡 미묘함이 동반한다. 재
회에 대한 기대와 행여나 세월에 휩쓸려 전혀 다른 사람으로 변
해 있지는 않을까 하는 기우가 뒤섞인다. 그녀와 결혼을 했더
라면 지금의 인생은 어떤 모습을 하고 있을까 상상도 해본다.

갖가지 가능성을 품고 수십 년 만에 만난 켄턴 양은 스티븐
스의 예상과 달리 곧 태어날 손자를 기대하며 그럭저럭 괜찮은
삶을 살고 있었다. 그녀는 한때 마음에 둔 남자 앞에서 결혼을
후회한 적도 있지만 결코 헛되지 않았다고, 회한이 드는 날도
왔지만 그것은 금방 지나가 버렸다고 담담히 말한다. 이 말을
듣는 스티븐스는 마음이 찢어질 듯 아팠으나 애써 내색하지 않
았다. 사랑은 타이밍이다. 뒤늦게 깨달은 사랑은 묻어두는 편
이 맞았다. 황혼기에 접어든 두 사람은 알고 있었다. 이미 택한
길을 두고서 끙끙대며 속을 태운들 아무 소용이 없다는 것을.
달아나버린 시간은 돌아오지 않는다는 것을, 각자에게 남아 있
는 나날이 더 소중하다는 것을.

젊은 날의 사랑은 후회를 동반한 채 바람처럼 지나갔지만 남
아 있는 나날에는 한 줌의 햇살 같은 희망이 있다. 켄턴 양과의
짧은 만남을 뒤로하고 애잔한 마음을 간직한 채 달링턴으로 복
귀하는 그는 미국인 주인을 위해 유머 감각을 익혀야겠다고 다

짐한다. 유머라는 것이 배운다고 잘할 수 있는 일인지는 모르겠지만, 이것이 그가 살아가는 방식이다.

스티븐스는 일평생 직업에 헌신했다. 워라밸을 중시하는 오늘날의 시선으로 보자면 답답한 남자로 비춰질 수도 있다. 아버지의 마지막도 지키지 못했을 만큼 열심히 살았지만 일도 사랑도 모든 것을 잃었다. 그것은 주어진 일에만 충실한 나머지 단 한 번도 의심하지 않은 일종의 방종에 대한 대가였다. 보통 사람이라면 지나온 날들을 후회하며 원망했겠지만 스티븐스는 잠시 상실감에 빠졌을 뿐 더 이상 절망하지 않았다. 오히려 새 주인을 위해 또 한 번 능력을 발휘해보리라 마음먹는다. 어찌되었건 자신이 일평생 품위 있는 삶을 위해 노력했다는 것에는 변함이 없었고, 그 품위가 잘못된 선택의 결과 앞에서 흔들리는 그를 지탱해주었다.

선택에 대한 후회는 현재에 만족하지 못할 때 찾아온다. 누구에게나 돌이킬 수 없다는 것을 알면서도 스스로 퇴보하는 시기가 있다. 후회를 겪어본 사람은 안다. 자책과 책망으로 가득 찬 오늘은 나를 더 불행하게 만들 뿐이라는 것을. 미래는 반드시 과거라는 기차가 지나간 다음에 찾아온다. 밤이 지나면 아침이 밝아오듯, 어제 잘못된 선택을 했을지라도 우리에게는 다시 선택할 수 있는 내일이 있다. 기회는 어떤 형태로든 늘 가까운 곳에 존재한다. 찬란한 햇빛이 은은한 달빛으로 바뀌어도 나를 비춘다는 사실에는 변함이 없다. 분명 살아온 나날보다 남아 있는 나날이 더 눈부실 것이다.

즐기며 살아야 합니다.

저녁은 하루 중에 가장 좋은 때요.

당신은 하루의 일을 끝냈어요.

이제는 다리를 쭉 뻗고 즐길 수 있어요.

《남아 있는 나날》, 가즈오 이시구로 지음, 송은경 옮김,
민음사, 2010, 300쪽.

꿈이란
오가는 손님 같은 것

_____

《노인과 바다 The Old Man and the Sea》
어니스트 밀러 헤밍웨이 Ernest Miller Hemingway

인생에서 맛본 최초의 좌절은 수능이었다. 학교에서 내 성적은 큰 변동 없는 중상위권이었다. 어느 정도 모의고사를 통해 결과를 예상했고, 가고 싶은 학교를 염두에 두었으나 결과는 참패였다. 원래도 취약했던 수리 영역을 완전히 망쳤고, 암담한 채점 결과지를 들고 방에 들어가서 밤새 눈이 퉁퉁 붓도록 울었다. 며칠을 눈물바다로 지내며 온 식구들이 내 눈치를 보게 만들었다. 그동안의 노력이 허망했고 막막했다. 고3에게는 수능이 전부였고, 어른들 또한 대학이 성공의 잣대를 가늠하는 관문이라고 누차 강조했기에 좌절감은 더 컸다.

이 정도면 재수를 고려할 법도 했지만 그러고 싶지 않았다.

다시 하는 것을 극도로 싫어했던 성격 탓이었다. 나는 꺼이꺼이 울면서도 점수에 맞춰 대학에 진학했다.

지금도 재수에 대한 미련은 없다. 세상이라는 만만치 않은 존재에 일일이 부딪혀가면서 깨달았다. 수능을 망쳤어도 밥벌이를 하며 잘살고 있듯, 실패는 어떻게 해서든 딛고 일어설 힘을 동반한다.

*

어니스트 헤밍웨이의 《노인과 바다》 속 주인공 산티아고는 어떤 악천후와 거센 파도에도 결코 인간은 물러서지 않는다는 것을 증명해 보이는 인물이다. 그는 멕시코 만류에서 고기잡이를 하며 살아가는 어부다. 한때는 대어를 낚으며 호시절을 보냈지만 어느덧 세월의 파도에 밀려 깡마르고 주름살 패인 노인이 되었다.

산티아고는 84일 동안 고기를 단 한 마리도 잡지 못했다. 마을 사람들은 운이 다한 것이라며 그를 얕잡아보았다. 세상은 바뀌고 있었다. 모터보트로 편하게 고기를 잡는 젊은 어부들은 전통 방식을 고수하는 노인을 무시했다. 그는 아랑곳하지 않고 묵묵히 낡은 돛단배를 타고 바다에 나가 낚싯줄과 미끼만으로 고기를 잡았다. 오랫동안 내려온 가치는 변하지 않는다고 믿었다. 바다를 남성명사 '엘 마르(el Mar)'라 부르며 정복과 착취의 대상으로 삼았던 젊은이들과 달리 산티아고에게 바다는 여성 명사 '라 메르(la Mer)'였다. 바다는 싸우고 공격해야 할 상대가 아니었다. 모든 것을 잉태하고 생산하는 삶의 터전이자 어머니의 품과 같은 존재였다.

마을 사람들의 눈에 비친 그는 변화를 받아들이지 않는 고지식하고 남루한 노인이었지만, 바다와 똑같은 빛깔의 파란 두 눈은 여전히 생기와 불굴의 의지로 빛나고 있었다. 무엇보다 산티아고에게는 자신을 따르는 마놀린이 있었기에 외롭지 않았다. 소년은 어릴 때부터 노인과 함께 바다로 나가 고기 잡는 법을 배웠다. 마놀린에게 최고의 어부는 산티아고였다. 두 사람은 서로를 아끼고 사랑했다.

산티아고가 계속해서 고기를 잡지 못하자 부모님은 소년을 다른 배에 승선토록 했고, 노인은 어쩔 수 없이 혼자 출항한다. 동행 대신 행운을 빌어준 마놀린의 응원 때문이었을까. 일생일대의 운이 그를 찾아온다. 엄청난 크기의 청새치를 만난 것이다. 노인은 일평생 쌓아온 경험과 지식을 총동원해 거대한 청새치를 잡는데 성공하지만 이것은 서막에 불과했다. 회항하는 길에 상어의 공격을 받게 되고, 그들로부터 청새치를 보호하기 위한 제2의 싸움이 시작된다. 그는 꼬박 나흘간 힘겨운 전쟁을 벌였다. 격랑에 휩싸일 때마다 소년을 떠올렸다. 그 애가 있었더라면 좋았을 것이란 아쉬움을 떨쳐낼 수가 없다. 비록 함께 하지는 못했지만 아끼는 이를 그리는 것만으로도 이 상황을 이 겨낼 수 있었다. 소중한 사람이란 생각만 해도 힘이 나는 존재 였다. 그래도 외로워지면 하늘의 새들과 이야기하며 고독을 이 겨냈고, 물 한 병과 낚은 물고기로 공복을 메웠다. 악착같이 악 다구니를 쓰며 상어의 습격을 버텨냈지만 노인은 끝끝내 청새 치를 지키지 못했다.

'물고기가 물어뜯겼을 때 노인은 자신이 물어뜯긴 것처럼 느 꼈다.' 산티아고는 상어를 원망하기보다 애당초 내 욕심으로 낚 은 것이 잘못이라며 청새치에게 미안해한다. 누구도 탓하지 않 고 결과를 겸허히 받아들이는 자세, 고독한 만경창파에서 홀로 사투를 벌이는 노인의 고행은 흡사 고해(苦海)에서 벗어나 열반 (涅槃)에 이른 수행자를 보는 것만 같다. 심술 맞은 파도가 밀려 와도 화를 내거나 좌절하거나 불안해하지 않았다. 고꾸라지고 휩쓸리고 피로 점철될지라도 흔들리지 않았다. 노인에게는 올 곧음으로 삶을 마주할 수 있는 고매한 지혜가 척추처럼 아로새 겨져 있었다. 노인은 거친 파도가 지나간 뒤에 잔잔한 물결이 온다는 이치를 이미 터득한 사람이었다.

산티아고는 뼈만 남은 청새치를 끌고 돌아온다. 소년은 할아 버지의 상처투성이 손을 보고 울었고, 마을 사람들은 청새치의 굉장한 크기를 확인하고 나서야 경외의 눈빛을 보낸다. 월척이 아닌 패잔병의 쓰라린 상흔을 안고 집으로 돌아온 산티아고는 녹초가 되어 잠이 든다. 곧이어 꿈을 꾼다. 이번에는 거대한 사자의 꿈이다. 노인은 패배감에 단 1초도 머무르지 않았다. 또 다른 꿈을 꾸면서 상처를 극복했다. 내일 태양이 뜨면 또다시 바다로 나아갈 것이다.

헤밍웨이의 마지막 작품이자 슬럼프에 빠졌던 노작가에게 노벨문학상 수상을 안겨 준 《노인과 바다》는 그가 쿠바에 살면서 만난 어부로부터 영감을 얻었다. 출간 이후 자신이 실제 노인이라고 주장하는 사람들이 쉴 새 없이 나타났는데, 헤밍웨이는 소설의 주인공이 실재한다면, 그 사람은 그레고리오 푸엔테스일 것이라고 일축했다. 노인은 헤밍웨이의 배 필라 호에서 일한 오랜 낚시 친구였다.

작가는 기존에도 주변 인물들을 작품 속에 자주 등장시켰는데, 간혹 지나치게 사실적이거나 부정적으로 표현한 탓에 지인들로부터 절교를 당하기도 했다. 대표작 가운데 하나인 《무기여 잘 있거라》의 간호사 캐서린도 실제 인물이다. 헤밍웨이는 제1차 세계대전 참전 중 부상을 당해 병원에 입원한 적이 있다. 당시 독일계 미국인 간호사 아그네스를 만나 사랑에 빠진 경험을 작품에 투영했다.

《무기여 잘 있거라》를 비롯해 헤밍웨이의 작품은 여자들과 밀접한 관련을 맺는다. 총 세 번의 이혼과 네 번의 결혼을 했고, 새로운 사랑을 할 때마다 대표작을 내놓았다.

첫 번째 아내 해들리 리처드슨을 만나《태양은 다시 떠오른다》(1926)를 썼고, 두 번째 아내 장 폴린 파이퍼와 살면서《무기여 잘 있거라》(1929)를 선보였다. 세 번째 부인 마서 겔혼과 쿠바에 정착해서《누구를 위하여 좋은 울리나》(1940)를 발표했고, 마지막 네 번째 아내 메리 웰시와의 결혼 생활 중《노인과 바다》(1952)를 통해 건재함을 과시했다. 첫 번째 아내 해들리를 제외한 세 명 모두가 기자 출신이란 점도 흥미롭다.

복잡한 사생활뿐만 아니라 사선(射線)을 넘나드는 참전, 두 번의 비행기 추락 사고와 자동차 전복, 투우와 낚시광, 알코올 중독, 우울증, 엽총 자살에 이르기까지 그의 삶은 변화무쌍했다. 파란만장한 인생은 의욕과 열정이 넘쳐났음의 동의어이기도 하다. 하고 싶은 일이 있으면 무슨 일이 있어도 해야 직성이 풀렸다. 작가의 인생 사전에 포기란 없었다. 마지막 문턱에 이르러 더 이상 글을 쓸 수 없음을 느끼고 자멸을 선택한 헤밍웨이는 자신이 좋아하는 것들을 기록한 메모를 남겼다.

"계절이 바뀌는 것을 주시하고,

눈이 내리는 것을 보고, 또 그것이 멈추는 것을 보고,

빗소리를 듣고, 그리고 어디에서

내가 원하는 것을 찾을 수 있는지를 알아내는 것."

짧게 갈겨 쓴 쪽지이지만, 이 문장은 빗소리를 들으며 내가 원하는 꿈을 찾아보고 싶게 만든다. 모두가 한물간 작가라며 외면했을 때조차 《노인과 바다》라는 역작을 탄생시킨 헤밍웨이처럼, 참패를 맛보고 지쳐 쓰러져 잠들면서도 사자의 꿈을 꾸는 노인처럼 인간은 굴복하지 않는다. 무력감을 느낄 새도 없이 새로운 도전을 시도하는 것, 헤밍웨이가 표현하려 했던 우리의 본성이다.

때때로 불어닥친 시련은 나를 흔들지언정 무너트리지는 못했다. 오히려 앞으로 나아가게 밀어주었다. 과연 고난 없는 성장이 존재할 수나 있을까. 우리는 역경을 업고 나아간다. 그러니 행여나 지금 당신의 꿈이 좌절됐더라도 절망 앞에 고개 숙이지 않았으면 한다. 꿈이란 인생에서 오가는 손님 같은 것이니까. 이번에 찾아온 손님이 실패라는 꼬리표를 남기고 훌쩍 떠나버렸다 해도, 붙들지 못한 것에 대해 자책하지 말길. 분명 또 다른 꿈의 손님이 당신의 인생에 찾아올 테니.

꿋꿋하게 도전하며 너답게 살아.

사람이든 새든 물고기든 모두 그렇듯이 말이다.

(노인이 바다 위 새에게)!

《노인과 바다》, 어니스트 밀러 헤밍웨이 지음, 이인규 옮김,

문학동네, 2012, 57쪽.

———

"걱정마,
　항상 써왔으니

　　　결국
　　　쓰게 될 거야."

"네 글은 영혼이 없다. 식빵 쪼가리라고!"

충격적인 코멘트였다. 각자 쓴 비평에 대해 합평을 하는 시간이었다. 교수는 이제 막 문학의 꽃을 피워보려 한 신입생이 싹을 채 틔우기도 전에 씨앗 자체를 뭉개버렸다. 프랑스에서 오래 유학한 탓에 툭하면 불어로 시를 낭송하고, 삼겹살집에 가던 다른 교수들과 달리 스테이크를 우아하게 썰어야 하는 이 까다로운 감성 충만 교수의 시선에 내 글은 장인정신으로 무장한 파티시에가 갓 구워낸 크루아상이 아닌 마트에서 파는 네모난 식빵 쪼가리였다.

과제는 로맹 가리의 《새들은 페루에 가서 죽다》였는데, 네가 프랑스의 위대한 작가를 모욕했다며 힐난을 퍼부어댔다. 굳이 페루까지 갈 필요도 없었다. 좁은 강의실에서 숨 막히는 독설로 내 영혼을 즉사시켰다.

이 작품은 새들이 왜 페루 해변에 가서 죽는지 명확히 설명하지 않는다. 다만 새들에게는 이곳이 인도의 성지 바라나시 같은 곳일 수도 있다는 여백만을 남긴다. 당시 내 글은 책에 대한 친절 과잉으로 서평의 백미라고 할 수 있는 감상자의 여운을 빼앗았다는 것, 고유의 특색이라고는 찾아볼 수 없는 논술학원에서 지도받은 고등학생이 쓴 독후감이라는 것이 혹평의 요지였다.

들는 내내 눈물이 날 뻔했지만 삼켰다. 인정해야 했기 때문이다. 내 글은 깔끔하게 포장된 것이 전부인 공산품이었다. 논리 정연하게 풀어쓰는 것에는 자신이 있었지만 새로운 해석을 빚어내는 것은 쉽지 않았다. 기술은 익히면 되지만, 사유는 배운다고 되는 것이 아니었다. 형식의 틀에 맞춰 일목요연하게 정리만 된 글은 감동을 줄 수 없다. 그것은 마트에 파는 유통기한 긴 식빵이 우리의 미각에 별다른 감흥을 주지 못하는 것과 같았다.

그의 훈계 이후 부단히도 나만의 생각에 몰입했다. 어떻게 하면 책을 색다른 시선으로 해석할 수 있을까, 삶에 접목해 볼 수 있을까를 골몰했다. 그것은 또 다른 의미에서 책을 쓰는 것과 비슷했고 결코 쉽지 않은 영역이었다. 수업의 트라우마 때문인지 몰라도 내게 서평의 영역은 결코 부술 수 없는 견고한 장벽으로 굳혀졌다.

같은 이유로 처음 출판사의 제안을 받았을 때, 기뻤지만 한

편으로는 머뭇거렸다. 솔직히 자신이 없었다. 문학을 전공했고, TV와 라디오에서 책 프로그램을 꽤 오래 진행했음에도, 과연 내 글이 대작가들이 구축한 그 위대한 영역을, 깊은 울림을 제대로 전달할 수 있을지, 행여나 결례를 범하는 것은 아닐지 걱정이 앞섰다. 여전히 나는 식빵 쪼가리를 뜯고 있었다. 며칠을 고민하며 부스러기만 만들어대던 내가, 식빵 한 움큼을 집어 삼킬 수 있었던 것은 다름 아닌 늘 내 노트북 화면에 띄어놓았던 헤밍웨이의 짧은 한마디 때문이었다.

"걱정마, 항상 써왔으니 결국 쓰게 될 거야."

항상 써왔다는 말, 결국 쓰게 될 것이라는 그 말이 잠시 멈췄던 펜을 움직이게 했다. 그래.. 나는 지금껏 써왔다. 그러니 앞으로도 쓸 수 있을 것이다. 아니 무조건 써야 했다.

2020년 3월 출판사와의 계약이 성사되고, 얼마 지나지 않아 내가 살던 독일은 코로나19로 인해 나라 전체가 봉쇄에 들어갔다. 꼼짝없이 두려움과 함께 집안에만 머물러야 했다.

아무것도 할 수 없었던 그 시기에 유일하게 내 존재를 증명해준 것은 글이었다. 고립과 결핍으로 점철된 상황에서 인간에게 글쓰기란 본능에 가까운 것이었다. 읽고 쓰는 것 외에는 할 수 있는 일이 없었다. 하루 7시간씩 글을 써내려간 그 시간만큼은 타국에서의 막막한 고립감, 적막함, 외로움을 견딜 수 있었다. 세대를 뛰어넘어 가치를 인정받은 활자들은 미치게 눈부셨고 그들의 글을 받아쓰는 행위만으로도 황홀한 위무를 얻었다. 찬란한 햇살에 못 이겨 어떻게 해서든 척박한 땅을 뚫고 나와 싹을 틔울 수밖에 없는 씨앗처럼, 나는 쓸 수밖에 없었다. 글로써 불안한 마음을 잠식시키며, 코로나 다음의 봄을 기다렸다.

"바다란 소란스러우면서도 고요한 살아있는 형이상학, 바라볼 때마다 자신을 잊게 해주고 가라앉혀주는 광막함, 다가와 상처를 핥아주고 체념을 부추기는 닿을 수 있는 무한이었다."

_《새들은 페루에 가서 죽다》, 로맹 가리 지음, 김남주 옮김,
문학동네, 2007, 20-21쪽.

탈고를 하고 다시 한 번 읽기와 쓰기란 무엇인가에 골몰했다. 결국 애증의 책이 된 《새들은 페루에 가서 죽다》에서 로맹 가리가 표현한 '바다'가 답이었다.

파도는 때로 교수의 비판과 같은 생채기를 남기고, 글쓰기는 비생산적일 뿐이라며 포말을 일으키기도 하지만 그럼에도 읽을 수밖에, 쓸 수밖에 없는 것은 누구도 돌보지 않는 가엾은 내 상처를 핥아주어서, 그 광대한 푸르름을 바라볼 때마다 안식을

느낄 수 있어서, 종국에는 다다를 수 없는 미지의 아름다움을 갖고 싶어서다. 우리 모두에게는 광활한 바다에서 탄생한 활자들의 아름다움을 온전히 누릴 권리가 있다. 그것만은 잃지 않고 만끽해야 한다.

오늘도 나는 무한의 세계에서 허우적댄다. 여전히 어렵다. 여전히 알고 싶다. 그래서 또 읽는다. 또 쓴다. 이 반복된 행위를 통해 내 마음이 늙지 않았으면… 당신도 그랬으면… 우리의 마음이 영영 시들지 않았으면….

도움을 준 책들

───── **안부를 묻는 해 질 녘**

《이방인》, 알베르 카뮈 지음, 김화영 옮김, 민음사, 2011

《침이 고인다》 수록 단편 〈도도한 생활〉, 김애란 지음, 문학과지성사, 2007

《변신》, 프란츠 카프카 지음, 루이스 스카파티 그림, 이재황 옮김, 문학동네, 2005

《달과 6펜스》, 윌리엄 서머싯 몸 지음, 송무 옮김, 민음사, 2000

《그리스인 조르바》, 니코스 카잔차키스 지음, 이윤기 옮김, 열린책들, 2009

《인형의 집》, 헨리크 입센 지음, 안미란 옮김, 민음사, 2010

《호밀밭의 파수꾼》, 제롬 데이비드 샐린저 지음, 공경희 옮김, 민음사, 2001

《사람아 아, 사람아!》, 다이호우잉 지음, 신영복 옮김, 다섯수레, 1991

───── **사랑이 고팠던 밤**

《어린 왕자》, 앙투안 드 생텍쥐페리 지음, 황현산 옮김, 열린책들, 2015

《왜 나는 너를 사랑하는가》, 알랭 드 보통 지음, 정영목 옮김, 청미래, 2007

《그 남자네 집》, 박완서 지음, 현대문학, 2004

《책 읽어주는 남자》, 베른하르트 슐링크 지음, 김재혁 옮김, 시공사, 2013

《위대한 개츠비》, F. 스콧 피츠제럴드 지음, 김영하 옮김, 문학동네, 2009

《운명과 분노》, 로런 그로프 지음, 정연희 옮김, 문학동네, 2017

《안나 카레니나》, 레프 톨스토이, 박형규 옮김, 문학동네, 2009

《늦어도 11월에는》, 한스 에리히 노사크 지음, 김창활 옮김, 문학동네, 2002

―――― 지독히도 쓸쓸했던 새벽

《지하로부터의 수기》, 표도르 도스토예프스키 지음, 김연경 옮김, 민음사, 2010

《백 년 동안의 고독》, 가브리엘 가르시아 마르케스 지음, 안정효 옮김, 문학사상, 2005

《레 미제라블》, 빅토르 위고 지음, 이형식 옮김, 펭귄클래식코리아, 2010

《도리언 그레이의 초상》, 오스카 와일드 지음, 윤희기 옮김, 열린책들, 2010

《종이달》, 가쿠다 미쓰요 지음, 권남희 옮김, 위즈덤하우스, 2014

《고리오 영감》, 오노레 드 발자크 지음, 이동렬 옮김, 을유문화사, 2010

《파우스트》, 요한 볼프강 폰 괴테 지음, 정서웅 옮김, 민음사, 1999

《자기 앞의 생》, 로맹 가리(에밀 아자르) 지음, 용경식 옮김, 문학동네, 2003

―――― 위로가 깨운 눈부신 아침

《싯다르타》, 헤르만 헤세 지음, 김길웅 옮김, 열림원, 2014

《노랑무늬영원》 수록 단편 〈노랑무늬영원〉, 한강 지음, 문학과지성사, 2018

《고도를 기다리며》, 사무엘 베케트 지음, 오증자 옮김, 민음사, 2000

《허삼관 매혈기》, 위화 지음, 최용만 옮김, 푸른숲, 2007

《마음은 외로운 사냥꾼》, 카슨 매컬러스 지음, 서숙 옮김, 시공사, 2014

《바다》, 존 밴빌 지음, 정영목 옮김, 문학동네, 2016

《남아 있는 나날》, 가즈오 이시구로 지음, 송은경 옮김, 민음사, 2010

《노인과 바다》, 어니스트 밀러 헤밍웨이 지음, 이인규 옮김, 문학동네, 2012

―――― 에필로그

《새들은 페루에 가서 죽다》, 로맹 가리 지음, 김남주 옮김, 문학동네, 2007